妊活契約で初めてを捧げたら、強引社長の独占欲を煽って溺愛されてます

m a r m a l a d e b u n k o

JN052466

マーマレード文庫

目次

妊活契約で初めてを捧げたら、強引社長の独占欲を煽って溺愛されてます

プロローグ …… 6
1. ライフイズマネー …… 8
2. 郡家跡継ぎ問題 …… 45
3. 一夜身ごもり計画 …… 74
4. そわそわ同棲生活 …… 103
5. やり直し初夜 …… 141
6. こじれにこじれて …… 172

7. こんなに甘いなんて聞いてない……………197
8. 雪降る聖夜……………218
9. 「好き」……………245
エピローグ……………286
番外編　郡龍人の結婚前夜……………295
あとがき……………318

妊活契約で初めてを捧げたら、
強引社長の独占欲を煽って溺愛されてます

プロローグ

「小梅《こうめ》」

よく通る低くて美しい声が私を呼ぶ。いつもの傲岸不遜《ごうがんふそん》な表情は、まるで今日の仕事を確認するときみたい。

「俺の子を産むか？」

「オレノコ……」

私は繰り返し、しばし黙る。それからねじ切れそうなくらい首をひねった。

「龍人《りゅうと》さん、すみませんが、もう一回説明してもらえます？」

その答えに、郡《こおり》龍人は苛立《いらだ》たしそうに前髪をかき上げ、ため息をついた。

「だから、俺の子どもを産む気があるのかと聞いている」

「いや……意味わかんないです……」

郡龍人の元で働きだしてかれこれ五年。無茶ぶりもハードな指令も、文句を言いつつ全部こなしてきた私だけれど、今までで一番意味不明な仕事がきた。

冗談で言っているの？　いや、そういう表情はしていない。

この人の子どもを産む？　私が？

「おまえ、俺がここまで懇切丁寧に説明と相談をしているというのに……」

「え、今のって説明と相談だったんですか？　状況説明と依頼がうまくかみ合わないんですけど。え？　これって社長命令？」

「こんなことを命令できるか」

龍人さんがさらに苛々と言い返す。メラメラ燃える怒りのオーラが見えそう。

いまだに状況が把握できず口を開けている私に、龍人さんがぐいと顔を近づけた。

「小梅、もう一度言うぞ。俺の子を産む気はあるか？」

うーん、顔がいい。顔だけなら一千点満点あげちゃう。

間近で見る郡龍人の顔にそんな感想を抱きながら、私は答えた。

「龍人さん、この圧は相談じゃないですよ」

1．ライフイズマネー

「駒形《こまがた》、説明会用の資料、どこだっけ」

向かいの席から先輩に尋ねられ、私はＰＣの液晶画面から顔を上げた。

「クラウドに上げてますよ。フォルダ、わかります？」

「あー、見つかった。わりい」

「いえいえ」

明るく活気のあるオフィスは始業前にも拘わらず、すでにほとんどの社員が顔を揃《そろ》え、今日の仕事の準備を始めている。

『常郡《じょうぐん》パスシステム』は四十名の社員で成る中小企業だ。私の目から見て社員はみんな少数精鋭だと思う。意欲が高く、努力家で、マルチタスクの得意な人が多い。

独自ブランドの日用品を扱う大型ホームセンター『ジョーグン』。常郡パスシステムはその子会社で、オムニチャネルを担う会社だ。私は営業部に所属している。

「駒形」

今度は同期の秋村豊《あきむらゆたか》が隣の席から呼ぶ。筋骨隆々のマッチョタイプの秋村は隣にいるだけで圧があるが、本人は気のいい親しみやすい男だ。

「郡社長は？　もう起きてるかな」

私は時計を見て、スマホを確認する。始業一分前だ。

「八時に家に寄って、起こして朝ごはん置いてきた。もう来るでしょ」

「了解。いや、今日同行頼んでるからさ」

部下に遅刻を心配されているんだから、困った人だ。無責任ではないものの、少々だらしない我らがボス。おっと、噂《うわさ》をすれば、だ。

郡龍人社長がのっそりとオフィスに顔を出す。

「おはようございます」

口々に挨拶が飛ぶが、低血圧の社長は低い声で「おう」と答えるだけだ。まだ眠いんだろうな。まあ、いつものことですが。

「小梅、今日の予定」

私のデスクの横を通り過ぎるときにそんな声かけをしてくる。私は自分の仕事を中断し、立ち上がった。

「龍人さん、自分の予定なら全部把握してるでしょう」

社長デスクのあるパーティションで区切られたブースについていきながら言えば、

振り返った龍人さんが面倒くさそうに答える。

「念のためだ」

「はいはい。えーと、今日はこれから秋村とコモンシステムで打ち合わせ。昼、龍臣《たつおみ》さんと会食。午後、そのままジョーグン本社で会議。夜の予定は、聞いてないですよ」

「わかった。……兄貴と飯食うのは面倒くさいから、理由つけて断っておいてくれ」

お兄さんの龍臣さんとのランチを面倒くさいとは、とんでもない。私は眉間に皺《しわ》を寄せ、断固拒否する。

「龍人さんのお兄様に嘘《うそ》なんかつけません。嫌ならご自分で断ってください」

「おまえ、俺の部下だろ」

「秘書でもなければ、面倒事係でもありませーん。ただの部下でーす」

私の減らず口も慣れたものなので、龍人さんはふんと鼻で息をついて諦めたようだ。

そこへ秋村がやってくる。

「社長、そろそろお時間です」

「わかったよ」

だるそうにしながらも、郡龍人はネクタイをきちっと締め直し、耳に髪をかき上げる。見る間に表情に生気が宿る。

185センチの長身、気痩せするけれど本当はがっちりと厚い胸板、長い脚。そして、惚《ほ》れ惚《ぼ》れするくらいの美貌。普段はやる気がなさそうな人なのに、仕事モードの龍人さんは眉目秀麗、才気煥発《さいきかんぱつ》な若社長だ。そして、それは見かけだけではない。

「行ってくる」

そう社員に声をかける彼はすでに、仕事の鬼の郡龍人社長になっていた。ジョーグンの売上の三割を担うこの会社を、システム導入から牽引《けんいん》し、急成長させたのは彼の手腕に他ならない。

「行ってらっしゃいませ」

社員たちはみんな、彼が好きだ。大企業のグループ会社という安定感を好んでこの会社にいる者は少ない。優秀な彼らにはもっと好待遇の会社があるはず。彼らは、郡龍人に惚れて常郡パスシステムにいる。

龍人さんは誰よりも仕事ができる優秀なビジネスパーソンであり、誰をも惹《ひ》きつけてやまない魅力的な経営者なのだ。

龍人さんが秋村と外出していくと、営業部長の那賀川《なかがわ》さんが私の元へやってきた。

「駒形、悪いな。今朝、不機嫌じゃなかったか？　あいつ」

あいつ、とは龍人さんのことだ。那賀川さんは龍人さんの大学時代の同級生で親友。営業部長という役職でありながら、この小さな会社の実質ナンバー2である。

「眠そうでしたけど、ちゃんと起きましたよ」

私は今朝、部屋に寄ったときの龍人さんを思い浮かべて答えた。龍人さんは私が二、三度怒鳴るともぞもぞとベッドから出てきたっけ。目はしょぼしょぼ、髪はぼさぼさの姿で。

「朝ごはんを『いらない、甘いカフェオレを持ってこい』とか言うんで、熱い緑茶とおにぎり出してきました」

「さすが、駒形。ありがとな。実はゆうべ、ふたりで結構深酒したんだよ」

那賀川さん、感心してないで、親友の管理はちゃんとしてくださいな。

「平日はほどほどにしてくださいね。起こすの手間なんで」

「駒形がいてくれて、本当に助かってるよ。ほら、あいつ、ああ見えてお坊《ぼっ》ちゃんだろ？　身の回りの世話を焼いてくれる存在って必要不可欠でさ」

「いいですよ。私も別途お賃金いただいてますし、生活が助かりますから」

郡龍人社長の身の回りの世話。これは私の業務外の仕事であり、副業扱いで手当をもらっている。龍人さんと個人契約を結び、ハウスキーパーをやっているようなものだ。

平日の朝起こして朝食を用意するのが一番の仕事。あとは時間のあるときに部屋の掃除をしたり、洗濯をしたりが、週二、三回。希望があれば夕食を作ったり、たまに我が家の家族の夕食に参加してもらったりもしている。何しろ、放っておくと適当なものしか食べないのだ、あの男。

「駒形が来てくれる前は、俺や他のヤツらが持ち回りで掃除機かけに行ってたからな」

「甘やかしてましたよね」

「一応、俺たちのボスだし。生活能力低いけど、仕事はすこぶるできる。ここ三年は健康管理してくれる専任がいて本当にありがたいよ」

就職が決まった大学四年生のときからこの仕事をしているので、確かにもう丸三年は龍人さんのお世話係をしているのか。気づけばそれなりに長い月日が経っていることに気づく。

「ご実家に帰ればいいんですよ。たいして遠くもないんですから」

「ほら、あいつの実家、曽祖父母も、祖父母も揃ってるだろ。息苦しいんじゃないか？　龍臣さんご夫婦も近居してるし」

龍人さんは親会社である株式会社ジョーグンの社長令息だ。次男にあたり、常郡パスシステムを任されている。お兄さんの龍臣さんは後継者としてジョーグン本社の管理部部長をしている。

私から見た龍人さんの生活は我儘《わがまま》な次男坊の贅沢《ぜいたく》独り暮らし。でも、そのおかげで私に収入が発生しているので、まあいっか、だったりする。

「あ、あと手が空いたらでいいんだけど、また頼まれてくれるか？　メールの件」

那賀川さんに手を合わせて懇願され、私は頬をひくつかせて苦笑いだ。

「私がメール返信しちゃっていいんですかねえ。お見合いのお相手に」

お見合い、の部分だけ声をひそめる。那賀川さんも内緒話に顔を寄せ、こくこくと頷《うなず》いた。

「頼むよ。お見合い相手のお嬢さんに当たり障《さわ》りのないお礼と、交際はできないっていう優しいお断り。文面、テンプレで持ってるだろ？」

メールの返信とはお見合いのお断りのこと。私は、龍人さんのお見合いの後始末までしているのである。

龍人さんも三十二歳と男盛りなせいか、最近お見合いの話が多い。

でもね、お見合いのお相手に会社のメールアドレスしか教えないってどういうことよ。最初から失礼すぎでしょ。名刺渡して、はい終わりってやってるでしょ。さらには、毎度毎度あっさりお断り。

やる気がないのが見え見えだ。

「どなたか条件のいい方とお付き合いすればいいのに。恋人ができたら、生活の世話なんて全部やってもらえるんじゃないですか？」

言いつつ、それだと私の特別手当てがなくなっちゃうなあなどとも思う。

「あんまりいいところのお嬢さんだと、龍人と一緒で、何もできないかもね」

「ご夫婦の面倒を見るのはやだなあ。メイドさんじゃないですか、私」

那賀川さんとふたり、くたびれた笑いをしてしまう。

結局私は自分の仕事の合間に、先日のお見合い相手のお嬢様へ、やんわりとしたお断りのメールを送るのだった。

お給料も発生していますし、頼まれればやりますがね。

昼休みに秋村が帰社した。

「社長はちゃんと会食に行ったよ」

会食の店まで送り届けてきたというから確実だろう。デスクでお昼ごはんの自作弁当を食べていた私は秋村の気遣いに感謝する。

「ありがと。これで、夕方まで静かだね」

龍人さんが本社で会議を終えて戻るまで、私は私の仕事だけをこなせばいい。

秋村が隣のデスクで買ってきたコンビニ弁当を広げる。

「郡社長がお兄さんとの約束をドタキャンしても、駒形には責任ないだろ」

秋村が言うので、私はうーんと唸《うな》る。

「責任はない。とはいえ一応、お金もらってるお世話係だから、母親的な気の回し方はするよ。『宿題やったの？』みたいな」

「三十二歳児相手に」

「そうそう。本当はひとりでなんでもできる人なんだけど、いかんせん面倒くさがりでね。まあ、仕事だと思えば」

秋村がカルビ焼肉と白飯をもぐもぐと咀嚼《そしゃく》し、ごくんと飲み込んでから口を開く。

「あのさ、本当に駒形と郡社長って付き合ってないのか？」

「私と龍人さんが？　あり得ないでしょ」

思わず笑ってしまう。

この質問は、今までもいろんな人から何度もされている。秋村は新入社員のときも聞いてきたっけ。

　私の答えは決まってノーだ。だって、本当に何もないんだもの。

「駒形は大学時代からこの会社でバイトしてるんだろ？　郡社長とは長い付き合いだし」

「二十歳のとき、バイトさせてもらったのが最初。知り合って五年だね。お世話係になったのは卒論終わって暇ができた大学四年から」

「三年ちょっと面倒見てるんだろ？　朝は起こして、飯作って食わせて。部屋を掃除したり、細々したことを肩代わりして。彼女じゃねえの？　それ」

「秋村の彼女、そんなことしてくれる？」

　ぐ、と秋村が詰まり、首を左右に振った。

「でしょ？　この仕事は〝家政婦〟なの。お金が発生する事案なの。だから、私は公認副業って形で、龍人さんと個別にお世話契約をしてるわけだ」

　私が龍人さんのお世話をする件については、ちゃんと契約書が存在する。そして、公認副業のお世話係は社員みんなが知っていることだ。

「私がやる前は那賀川さんたちが持ち回りでやってたってよ。善意の無償で。ちょっとは龍人さんが自分でもやってたみたい。今は私がお金もらって世話してるから、その分遠慮なくなんでも頼んでくるよ」

秋村が箸を弁当のプラスチックケースに置き、ペットボトルを開ける。まだ腑《ふ》に落ちない顔をしている。

「それはわかってるけど、ほら、郡社長ってイケメンだろ」

「ああ、うん。顔はすこぶるいいね」

「一緒に過ごしてて、そのへんグラッときたりはしないのか？　駒形は」

グラッと、ねえ。

少し考えてみて、首を竦《すく》めた。

「別に何も感じないなあ」

「郡社長は、おまえがそばにいて変な気を起こさないのか？」

「あれだけのイケメン、女の人なんてよりどりみどりでしょ。私相手に変な気起こす余地なんかゼロですわ」

私は自分の凹凸のない身体を指差す。顔は普通も普通。薄いメイクじゃ、ちょこっとあるそばかすも隠れない。髪の毛は邪魔なので頭の上でいつもお団子で、飾りっ気もない。目はたれ目で美人って感じじゃないし、我ながらモブっぽいビジュアルだと思う。

当然、恋愛経験もゼロ。中高大学は忙しくて、そんな暇はなかった。

「つまりは」

「私と龍人さんは、今までもこれからも雇用関係でしかないよ」

「はあ」

秋村がため息なんだか呆《あき》れた声なんだかわからない声をあげた。

人の好いこの同期は、私のことを心配してくれているんだろうな。一緒に入社した唯一の同期だものね。

「まあ、なんだ。社長のお守に飽きて、恋愛や遊びに時間を使いたくなったら、誰か紹介するから」

「頼むよ。秋村の彼女のせっちゃん、会応《かいおう》大卒じゃん。超大手化粧品メーカー勤務だし。そっち繋《つな》がりで高学歴&将来有望なメンズをひとつ」

同期の彼女のツテまで使おうとしてみせるものの、本音を言えば私はまだ恋愛をしている場合じゃない。

ライフイズマネー。

私の人生の目標はまずお金を稼ぐこと。

でも、それを言ったら悲壮感が出ちゃうじゃない。だから、こんなふうにごまかすのだ。

その日、龍人さんは本社会議の後に帰社はせず直帰。ご実家へ行くと連絡が入った。もともと、今日はハウスキーパーをしに行く予定じゃない。

私は定時で退勤し、九段下《くだんした》のオフィスから飯田橋《いいだばし》方面へ自転車を走らせた。スーパーで買い物を済ませて、神楽坂《かぐらざか》横の路地を入って奥へ奥へ。古くからの住人ばかりの地域にやってくる。下町然とした雰囲気がある、私の地元だ。

古い長屋と木造アパートの間、小さなオンボロの木造平屋がある。私は年季の入った引き戸に手をかけた。

「ただいまあ」

「姉ちゃん、おかえりー！」

中三の桃太《とうた》と中二の桜子《さくらこ》がちゃぶ台から顔を上げて、私を出迎えてくれた。上がり框《がまち》の先が、もう畳敷きの居間である我が家。玄関を開けたらそこは団らんの間なのだ。

桃太は中三の割には小柄。スポーツが得意で活発な弟だ。勉強も結構できる。桜子はちょっと天然気質の妹だ。髪の毛をいつも耳の下でツインテールにしていて、前髪は私が眉上のぱっつんヘアに切ってあげている。ふたりとも宿題中だった様子。

「おかえり、小梅」

居間のリクライニングチェアに腰かけているのは祖父だ。昨年病気をしてから、足腰が弱ってしまい、日中はこの椅子までやってきて座っているのがやっと。でも、笑顔は私の子どもの頃から変わらず快活だ。

「小梅ちゃん、おかえりね」

奥から、大根の煮物を持ってよたよたと祖母がやってくる。私はローヒールの靴を脱ぎ捨て、荷物をその場に置いて祖母を支えに駆け寄った。

「ばあちゃん、ごはんは私がするって。桃太も桜子も作れるんだし」

「じいちゃんの好きな煮物だけは作ってやりたいって、ばあちゃんが言うんだよ」

桃太が言い、祖母は困った顔で答える。

「桃太ちゃんが手伝うって言ってくれたんだけどねえ。味つけは私がしないとうるさいでしょう」

「うるさくなんかしないぞ。モモの味つけでもサクラの味つけでも食うぞ」

祖父はそんなことを言うけれど、桃太と桜子の味つけだったら絶対に文句を言う。私の味つけでもひと言ある。祖母より十歳上の祖父は結構頑固なじいさんだ。私のことは小梅と呼び、桃太と桜子のことはモモとサクラと呼ぶ。

「ばあちゃんだって手術したばっかりなんだよ。無理してほしくないなあ」

祖母の病気が見つかったのは先々月。幸い、さほど進行していなかったため手術で悪いところだけ取り、あとは残った病巣を投薬で小さくしていくそうだ。しかしこの投薬の関係で、祖母の体調はあまりよくないのだ。

「小梅ちゃん、ありがとうね。ばあちゃん、早く治したいんだけど」

「お医者さんも言ってたじゃない。ゆっくりしなきゃいけないんだよ」

「お姉ちゃん、私、お米炊いてお風呂洗っといたよ！」

横から桜子がマイペースに自分の頑張りを宣言して、私が投げ出した買い物の荷物を運んでくれている。私は桜子の頭を撫《な》で、弟と妹に言う。

「よしよし、有能なヤツめ！　桃太、宿題が終わったら夕飯の支度、手伝ってね」

「わかった。もうちょっと、待ってくれる？　今日の数学の範囲、すげえ多いんだ」

桃太は顔を上げて答え、急いでちゃぶ台の上のノートに視線を戻した。桃太は受験生で、近隣の都立校を目指している。推薦入試が第一目標なので日々の勉強も手を抜けないのだ。

私はエプロンをつけて、夕飯の下ごしらえを始める。

祖父母、弟と妹。これが私の家族。世界で一番大事な家族だ。

＊＊＊

私の一番古い記憶は、父と母と三人で小さなアパートで暮らしているというもの。

次の記憶は、すでにこの一軒家で母方の祖父母と暮らしていた。

母はあまり帰ってこなかった。時折、遠方で暮らしている父が顔を見せに来てくれたけれど、父は地方を転々とする仕事で私と一緒にはいてくれなかった。後で知ったが、この頃とっくに両親は離婚をしていて、親権は母が持っていたそうだ。

私が小学校に上がってすぐに母が完全に帰ってこなくなった。正直あまり寂しさは感じなかった。いつも苛々していて、気まぐれに私を可愛《かわい》がる母より、厳しくも温かい祖父母といる方がいい。むしろ、母の出奔に付き合わされなくてよかったと子どもながらに思ったのだから、私もまあまあ打算的な子どもだったのだろう。

次に母と会ったのは、小学五年生の冬。母は一歳の男の子と生まれたばかりの女の子を連れて、私たちの家に帰ってきた。

「桃太と桜子よ。三人で梅、桃、桜。ママの大好きな春の花」

母は無邪気で楽しそうだった。母の帰宅には驚くばかりだったが、小さな弟と生まれたての妹の存在が私には嬉《うれ》しかった。ずっと兄弟が欲しいと思っていたのだ。


半年ほど同居したが、母はまた他に好きな男ができたようで家を出ると言いだした。私ももういろいろとわかる年齢だった。

「子どもたちはいつか落ち着いたら迎えに来るから。それまでお願いね」

調子のいいことを言って、私と小さな弟妹を置いていこうとしている。

そうか、私だけじゃなくてこの子たちも、母の人生には邪魔になってしまったのか。

そう思うと、心の中に冷たい風が吹くのを感じた。桃太と桜子はこんなに可愛いのに、どうしていらなくなってしまったのだろう。

このとき、何度も母に苦言を呈してきた祖父がとうとう激怒した。

「おまえは勘当だ。実の娘とは思わん。この子たちは俺が育てる」

地元のゴム製品工場の雇われ工場長だった祖父は、当時すでに七十代だったものの、会社側に請われて嘱託で働き続けていた。祖母も近所の蕎麦屋《そばや》でパートをしていた。

職はあっても、高齢の夫婦が子どもを三人成人させるのはどれほど大変なことか。

それでも祖父母は思ったのだろう。娘に子ども三人を育てることはできない。守れるのは自分たちだけだ、と。

十一歳の私は祖父母に感謝した。私たちを母に押しつけずに、庇護《ひご》してくれる。その気持ちが嬉しかった。

だから、繋がりを完全に断つのを渋る母に、私から言った。

「お母さんのこと、好きじゃない。もう会いたくない」

母からしたら裏切りの言葉だっただろう。長く離れていても、娘はいつまでも自分が好きだと思っていたのだろうか。この半年で愛情を取り戻したと思っていたのだろうか。そうだとしたら、ちょっとおめでたい思考だ。

母は『恩知らず』と私を罵り、その日のうちに家を出ていった。産んでもらった以外に恩はない。私はこの瞬間に、母親を忘れることにした。

そんな事情もあり、私は親というものに対し、ドライな感情しか持たずに育った。

しかし、祖父母については別だ。私と幼い弟妹たちを慈しんで育ててくれる祖父母は、世界で一番大事な存在だった。

祖父母が働き、弟妹は保育園、私は小学校から帰ってきたら家の手伝いと育児。家族五人、お金はあまりないけれど、賑《にぎ》やかで毎日が幸せだった。

私が高校に上がる頃にはさすがに祖父も退職をし、年金生活となった。祖母はまだパートに出ていたが、生活はラクじゃない。高校に許可を取り、私はアルバイトを始めた。部活も遊びもなし。朝は新聞配達、夕方から夜まではファミレスのウェイトレスとして勤めた。

大学進学は祖父母の勧めだった。職の選択肢が広がるとはいえ、授業料はどうしたらいいのだろう。進路指導の教師と相談し、授業料免除の奨学生を目指すことにした。たぶん、このときは一生分勉強したと思う。アルバイトは休まず、空いた時間はすべて勉強。おかげで、自転車で通える範囲の大学に、授業料免除の奨学生として入学できた。

花の大学生活。サークル活動に恋愛。青春真っ盛り！

しかし、私はやっぱりアルバイト漬けの青春を送った。別に不幸だったわけじゃない。いろんなアルバイトを経験できたし、楽しかった。こういう青春もいい。

何しろ私には家族がいて、私が頑張ればごはんのグレードは上がるし、みんなの誕生日に大きなホールケーキだって買える。

そうして働き続ける中、私は郡龍人と出会ったのだ。

＊＊＊

「できたあ」

桃太と一緒に包んだ餃子《ぎょうざ》を食卓に持っていく。サラダ油も準備。ホットプレートは大きいけれど古いので、油をたくさんひかないと餃子がくっついてしまう。買い替えなきゃとは思いつつ、二の足を踏んで早数年。

「うまそうだなあ」

よいしょ、と祖父がリクライニングチェアから身体を起こす。桃太が素早く駆け寄り、座椅子への移動を手伝った。八十代半ばの祖父は、足腰が弱って随分小さくなってしまった。頑健だった祖父の衰えは、やっぱり寂しいし不安を覚える。

それゆえに、食事や私たちの様子で笑顔になってくれる瞬間はすごく嬉しい。

「もう少しで焼けるよ。じいちゃん、待っててね」

桜子が祖父の首に腕を回してきゃっきゃとはしゃいでいる。油が跳ねるのが怖いからホットプレートに近づかないのだ。

「桜子、取り皿とか運んで。桃太ばっかり動いてるよ」

「はあい。姉ちゃん」

私も祖父母も、桃太と桜子の父親のことは知らない。ふたりの面差しがよく似ているので、きっと父親は同じ男性なのだとは思う。しかし詳細は聞かないまま、母はいなくなってしまったし、今も行方《ゆくえ》はわからない。

一方で桃太と桜子は、自身の両親については聞きたがらない。小さい頃こそ『とうちゃんとかあちゃんはいないの？』と聞いたりもしたが、いつしか言わなくなった。子ども心に、祖父母や姉を困らせたくなかったのかもしれない。最近は気にもしていないようなので、家族関係には満足しているようだ。

私はそれでいいと思っている。いても害にしかならない親なら、いらない。お金の面は、私がこの子たちを大人にしてやれる。それでいい。

「姉ちゃん、餃子もういい感じだよ」

ホットプレート前で桃太が呼び、私はごはんをよそおうと炊飯器を開けた。そのとき、玄関のチャイムがピンポォォンと調子っぱずれな音で鳴った。

出るより先に無施錠の引き戸が開く。そこにいたのは龍人さんだった。

「あ、しゃちょー」

桜子が声をあげる。桃太が台所から顔を出す。

「郡社長が来るなら言えよ。餃子、半分冷凍しちゃったじゃん」

そんなこと言われても、聞いていないのは私も一緒だ。今日は来ないと思っていたんだもの。

炊飯器の蓋を閉め、台所から出て迎える。まあ、全部間続きなので数歩の距離ですが。

「龍人さん、今日はご実家じゃなかったんですか？」

「……面倒くさいから帰ってきた。飯がないから来た」

この人はこうやってたまに我が家にごはんを食べに来る。たぶん、表通りのコインパーキングに彼の乗る高級車が停めてあるのだろう。

「あらあら、郡社長。小梅ちゃんがお世話になってます。ほら、上がって上がって。桃太ちゃん、餃子まだ間に合うから冷凍庫から出しておいで」

祖母が座布団を裏返して、龍人さんの席を作る。私の家族も慣れっこだ。以前から、こうやって龍人さんはたまにやってくるのだ。

「カネさん、ありがとうございます。お邪魔します。光吉《こうきち》さん、急にすみません」

龍人さんも慣れっことはいえ、私の祖父母には礼儀正しい。もともと育ちのいいお坊ちゃんなので、物腰は上品で柔らかい。

「いいよ、社長。今日は餃子だ。小梅の作った餃子はうまいぞ、ラッキーだな」

祖父は龍人さんがお気に入りなので、登場ににこにこ笑っている。祖父が喜んでいるから、まあいっか。

私は龍人さんの箸と茶碗を用意する。百円ショップのものだけど、この家には龍人さん用の食器があるのだ。

「はい、じゃあ、ごはん盛りますよ。分量の希望をどうぞ」

「大盛り」

龍人さんが遠慮なく言った。

食事を終え、龍人さんの持ってきた最中《もなか》をみんなで食べた。

二十一時過ぎ、私は龍人さんを車まで送る。玄関で見送ることもできるが、一応ご機嫌伺いだ。実家を不機嫌に出てきたということは、また何かあったのだろう。

「どうして、ご実家でごはん食べてこなかったんですか？　郡家のディナー、すごいんだろうなあ」

大企業を営む名家だ。品川《しながわ》の一等地に大邸宅がある。

「おまえも、うちのストレス値の高さを知ってるだろ」

「実際に見たことはないんでわかんないですよ」

曽祖父母と祖父母がご健在で、現・経営陣のお父さんお兄さんにかなり圧をかけてくるらしいとは聞いている。龍人さんもいろいろ言われているだろうことは推察できる。

「最近のお見合い三昧《ざんまい》もご実家の意向ですか？　そろそろ身を固めろ～なんて」

「……面倒くさいことにな」

舌打ちせんばかりの仏頂面で龍人さんは答える。これは相当口うるさく言われていると見た。

「とっとと結婚しちゃえばいいじゃないですか。ご実家も静かになりますよ。身の回りのお世話をしてくれて、可愛くて、資産のあるお嬢様をぱぱっと選んじゃいましょうって」

「身の回りの世話はおまえがやるだろ」

「奥様がやるなら、私はしゃしゃり出られませんよ」

「……結婚なんて、したいときにしたいヤツがいたらするもんだ。周りに急《せ》かされてするもんじゃない」

龍人さんはそう言う。その恋愛観はたぶん正しい。ただ、彼は大企業の経営者一族の次男であり、子会社をひとつ任されている身だ。おそらくは、結婚相手も自由には選べないだろう。

株式会社ジョーグンのためになるお相手が理想。それとも、本社の後継者よりは融通が利くのかしら。

「いくら見合いをさせられても、気乗りしないものはしない。無理だ」

彼のこういう素直なところが、私は結構好きだ。上司として、人間として、という意味で。

御曹司で、清濁併せ呑《の》む策士な部分も併せ持っているのに、自分の感情にはまっすぐ。そんなところが気分屋に見えたり怠惰に見えたりもするのだろう。私は人間らしいこの人が結構好き。隣にいて楽しいもの。

「龍人さんが必要としている限りは、お世話係しますよ。お賃金いいんですもん」

「ああ、励めよ。おまえがいれば、俺の生活は成り立つ」

龍人さんはそう言って自宅に向かって車を発進させた。手を振って見送りながら、私は考える。

ご実家がお見合いを勧めてくるということは、どんなに彼が拒否しても数年のうちには身を固める運びになるだろう。彼もまた、自分の役割をいずれ受け入れる。

そうなったら、お世話係は廃業だ。奥様のいる家でハウスメイドまでできないもの。しかも、独身時代から世話をしていた女の部下なんて、奥様からしたら気分のいいものじゃないでしょ。

その頃には、また別の稼ぎ方を探さなければならない。

いっそジョーグン本社に推薦してもらうとか、どうかな。あとは今の社内で役職に就けてもらうとか。とにかくお給料のいいセクションに配置換えを希望！　ここ数年、龍人さんに尽くしているんだし、そのくらい融通してくれるといいなあ。

私は軽い気持ちで思い、鼻歌を歌いながら自宅に戻った。

「龍人、またお見合い駄目だったっぽいんだよね」

那賀川さんがそんなことを呟《つぶや》いたのは、翌週月曜の朝だった。始業前のデスク、私はスープジャーから朝の味噌汁《みそしる》の残りをすすっていた。今朝、龍人さんのお世話がなかったので、自宅から持ってきたものだ。

「はあ、そうなんですか」

正直、龍人さんのお見合いはどうでもいい。だって、先週の時点であのテンションだった龍人さんが一週間でいきなりお見合いに開眼し、前向きになるとは思えない。

「今日はご実家から本社直行で会議ですよね、龍人さん」

実家に戻っているのは知っているので、私は朝ゆっくり自宅から出勤できたのだ。

まあ、その分実家でストレスを溜めて戻ってきそうではある。那賀川さんも同じことを考えているようでため息をつく。

「こっちに帰社するのは夕方だね。今日はめちゃくちゃ不機嫌だよ、たぶん」

みんな、社長に気をつけろよーと那賀川さんがオフィスにいる社員に言い、どっと笑いが起こる。

明るく楽しいオフィスだ。社長の不機嫌くらい、笑い話にできるんだもの。こういうメンバーだから、龍人さんも肩肘張らずに素直でいられるのだろう。

「あ、その龍人から連絡だよ。ええと、帰社は十八時過ぎだってさ。……みんな、定時で帰れよ。残ってると不機嫌社長にやられるぞ！」

那賀川さんが再び社内におふれを出し、社員たちが笑いながら、今日は定時退勤死守だと言っている。私もそうしようっと。

「あ、駒形には別途伝言。『夕食を作れ』だって」

「マジですか、不機嫌な龍人さんに!?」

慄《おのの》く私に、他の社員たちがからかうように声をかける。

「頑張れ、我が社の爆発物処理班」

「駒形ファイトー」

なんという喜ばしくない二つ名。というか、社長を爆発物扱いできる会社って……。

龍人さんは、なんでその伝言を私に直接しないのだろう。たぶん面倒くさいから、那賀川さんに連絡するついでにしたのだとは思う。

「何、作ろう」

こういうときは好物がいい。野菜は嫌いでお肉が大好きな子ども味覚の我らがボスに、何を作ってあげましょうかねえ。

龍人さんは予告通り十八時過ぎに帰社した。オフィスはすでに人もまばらである。

「龍人さん、クラウドに今日の分の報告上がってるんで見ておいてください。決算のデータも」

私はいつも通り声をかける。龍人さんは社長デスクにどさっと鞄を置くと、ちらっと私を見た。

「小梅」

「はい、なんでしょう」

「手ぇ空いたなら、もう上がれ。飯頼む」

「はーい。今夜はハンバーグですからね」

私は笑顔で予告し、先に退勤した。龍人さんは思ったより不機嫌そうじゃない。むしろ、ちょっと元気がないように見えた。やはり、ご実家でいろいろ言われたのだろうか。


自転車でスーパーに寄り、龍人さんのマンションに直行した。龍人さんのマンションは会社のある九段下から歩いて麹町駅《こうじまち》のちょっと手前あたり。千代田区《ちよだく》のど真ん中だ。いつも九段下のオフィスまでは歩いて来ている。

それなりに距離があるから、自転車で先回りすれば、彼が戻るまでに食事の準備ができる。築浅のマンションのエントランスを抜け、預かっている鍵で入室。

龍人さんの部屋は最上階の十四階だ。十四階は一戸しか入っていない。ウッドデッキがついていて、インテリアはすべてシンプルなオーダー品。広々とした部屋は本当にお金持ちの住まいって感じである。というか、この立地でこのクラスのマンションに住んでいる人たちなんてみんなセレブなのに、その最上階ってすごい話だ。

たまに思う。このお坊ちゃんと貧乏暮らしの私がなんで一緒にいるのだろう。住む世界も、生きる世界も違うのに、なんの因果でこうしてこの窓から都心のビル群を眺めているのか。本当なら重なる人生じゃなかった気がする。

「まあ、ご主人様と召使いって構図なら重なるか」

私はひとり呟き、買ってきた食材を整理した。換気扇をつけ、食事の支度を始める。

お米は明日の分を考えて多めに研ごう。

早炊きでスイッチを入れ、ハンバーグの材料を並べる。煮込みハンバーグにするのでタマネギを炒めるのは省略。一緒に煮込むキノコはしめじとマッシュルーム。付け合わせはブロッコリーでいいかな。

今日の我が家の夕食は、祖母と桜子が協力して作る予定。私の分はいらないと伝えてあるし、今作っているハンバーグも多めに作って実家に持って帰るつもりだ。

龍人さんの食事に関して、食費はもちろん預かっていて、食材の流用については許可をもらっている。龍人さん自身、駒形家にふらっと夕飯を食べに現れたりするし、我が家から朝ごはんを龍人さんの家に持ってくることもあるので、もらいすぎ・支払いすぎにならないように気をつけている。まあ、あのお坊ちゃんはあんまり気にしていないみたいだけど。

ハンバーグを煮込んでいるうちにお米が炊ける。うんうん、美味《おい》しそうな香り、と思っていたら玄関が開く音がした。

「ハンバーグ」

「ただいまでしょう、龍人さん」

お腹が空いているのはわかった。でも、帰宅の挨拶がメニュー名ですか。

一応、嗜《たしな》めてから食卓の準備を始める。

龍人さんはスーツの上着をソファに放り、キッチンにやってくる。私を押しのけるようにしてフライパンを覗《のぞ》き込んだ。

「煮込みか。普通に焼いたヤツが好きだ」

「もう遅いですね。煮込みの方が工程少なくてラクなんです。すぐ食べたいだろうからってこっちは時短で作ってるんです。文句禁止」

「キノコも入ってるぞ」

「そりゃ入ってますよ。うま味たっぷり出るんですよ。美味しいんです」

好き嫌いが多い彼はキノコ類も苦手。でも、食べさせないわけにもいかない。食事を預かるってことは健康管理も含まれる。そして、私が出せば渋々でも龍人さんは食べるのだ。

冷蔵庫に残っていたネギと豆腐で味噌汁も作り、煮込みハンバーグとごはんを並べて食事の完成だ。

「さあ、食べましょう」

いただきますも言わないで龍人さんは無造作に食べ始める。育ちがいいから所作は綺麗《きれい》なんだけど、おいおい、キノコを避けるな、食べなさい。

「うまい」

そう言った顔が、一瞬緩んだように見えてホッとした。

何かあったとしても、美味しいごはんを食べたらちょっと元気は湧《わ》いてくるよね。うんうん、よかった。


ふたりで向かい合って食事を済ませた。食後、私は後片づけ。食器を手早く洗い、水切り籠《かご》へ。

この水切り籠も私がお世話係に就任するまではなかったもんなあ。この家にはお掃除ロボくらいしかなくて、そのロボも充電器まで戻れず、部屋の隅で引っかかって息絶えていたっけ。洗濯物は業者に頼んで、外に出しておくと持っていってもらえるサービスを使っていたみたい。はあ、不経済。

今は人が住める部屋になったと思う。洗濯も私が定期的にしているから、お金もかからないし、ドラム式の洗濯機が埃をかぶらずに済んでいる、せっかくマンションの最上階でのびのび暮らしているんだし、綺麗で文化的な生活を送ってほしいものだ。

「はい、お茶ですよ」

食後のお茶を淹《い》れて持っていくと、龍人さんが私を見つめた。

「小梅、ちょっとそこに座れ」

なんだろう。コの字型のソファの片隅に、指示されたように座った。

日頃、多弁な人ではない。今日はご実家の愚痴でもあるのかな。

「何かありました？」

「週末、見合いをしてきた」

「また、失敗したんでしょう」

茶化すと、龍人さんが眉間に皺を寄せた。

「おまえ、言うに事欠いてそれか。俺の方が断った」

「いつもの流れじゃないですか。結婚したくないんですもんね、龍人さんは」

お見合いの経緯だけで彼がこんなに悩んだ顔をするだろうか。なんとなく様子が変なままなので、あえて私は明るく笑った。

すると、龍人さんが真面目《まじめ》な顔になる。

「実家が俺に見合いをさせたがるのには理由がある。俺の兄夫婦の話だ」

それって、私が聞いてしまってもいい話だろうか。

一瞬思ったものの、龍人さんが理由もなしにこんな話を持ち出すはずがない。少なくとも、私は話し相手に適格だと判断されているのだ。それなら聞くべきだろう。

「兄夫婦は結婚六年目。子が授からない。実家のじいさんたちに急かされて、夫婦で不妊の検査をしたところ、夫婦双方の理由で妊娠しづらい状態らしい」

それは郡家としては由々しき事態ではなかろうか。ジョーグンは一族経営、お兄さんの龍臣さんは後継者で、その子どももゆくゆくはジョーグンを継ぐ。

「ふたりは不妊治療を始めるそうだが、老い先短いじいさんたちが、兄に愛人を持たせろと騒ぎだしてな。兄嫁も責任を感じて、まいっているらしい。双方に原因があるって言っているのに、じいさんたちはまったく聞く耳を持たない」

「ええ!? ひどい話ですねえ! いっくら龍人さんのお身内でも、私がそんなこと言われたらめちゃくちゃ怒ります! 愛人? なめてるのかって感じですよ!」

「小梅の感覚で普通だ。しかし、兄嫁は物静かで責任感が強い人でな。落ち込んでいる姿をうちの両親が哀れに思って俺に相談してきた。嫁をもらって子どもを作る気はないか。そうすれば、じいさんたちから兄夫妻へのプレッシャーが弱まる。兄嫁も精神的にラクになるだろう、と」

なるほど。龍人さんの子どもだって直系にあたる。跡継ぎとしては相応《ふさわ》しいはず。

「それで、お見合い三昧だったんですね。それじゃ、余計に断りまくっちゃ駄目じゃないですか」

私のもっともな指摘に、龍人さんが面倒くさそうに背もたれに身体を預け、眉根を寄せる。

「毎週のように、右も左もわからないような箱入りのお嬢さんたちと会うんだぞ。そうでなければ、高学歴や留学経験、コネクションを自慢してくる鼻持ちならないタイプの女ばかり。いい加減うんざりする」

龍人さん目線の話なので全部を鵜呑みにはできないけど、確かに一般的な感覚じゃないお嬢様たちも多いのかもしれない。そんな中から、お家のためとはいえ、一生一緒にいる人をいきなり決めろと言われても困るだろう。

浮世離れした世界の話で、私も他人事として聞いているけれど、庶民の感覚だと跡継ぎ作りのために結婚を急かされるなんて現代社会にそぐわないことだもの。

「見合いがうまくいかないもんだから、昨日親に言われた。他に好きな人がいるのか、と」

「いるんですか？」

「そんなもんいるか。俺は結婚に興味がないだけだ。……まあ、そうしたら言うわけだ。『誰でもいい。子どもを産んでくれるだけの女性でもいいから、心当たりはないか』と」

だいぶ乱暴な話になってきた。それほど切羽詰まっているのだろうか。

……もしかしたら、兄嫁さんはかなり精神的に追い詰められているのかもしれない。

龍人さんのご両親が焦るほどに。

「そこでだ」

龍人さんが背もたれから身体を起こし、私を見た。

「小梅、俺の子を産むか？」

ん？　話が見えない。

私は首をかしげる。

「オレノコ……」

オウム返ししてみたが、頭がよく理解してくれない。何を言っているの？

「龍人さん、すみませんが、もう一回説明してもらえます？」

龍人さんは苛々と前髪をかき上げる。

「だから、俺の子どもを産む気があるのかと聞いている」

「いや……意味わかんないです……」

「おまえ、俺がここまで懇切丁寧に説明と相談をしているというのに……」

待ってほしい。私はご実家の事情を聞いただけだ。それがどうしてこうなったのよ。

「え、今のって説明と相談だったんですか？　状況説明と依頼がうまくかみ合わないんですけど。え？　これって社長命令？」

「こんなことを命令できるか」

龍人さんが業を煮やした様子で、ぐっと身を乗り出してきた。

誰もが目を奪われるイケメンフェイスが目の前にある。こんなに近づいたことってあったかしら。

「小梅、もう一度言うぞ。俺の子を産む気はあるか？」

2．郡家跡継ぎ問題

「整理しましょう！」

顔を近づけられ私は焦って立ち上がった。あんまり近づかれるとその気はなくともドキドキしてしまう。何よりこの要請の意味がわからない。

「龍人さんは、郡家の跡継ぎをもうけなければいけなくなったわけですね」

「そうだ。結婚の有無は問わない」

「そこで子どもを産んでくれる女性が必要、と」

「ああ、それでおまえだ」

私は両手のひらをびしっと彼に突き出した。『待った』というように。

「そこです。そこが意味不明です。なんで、私なんですか」

「付き合いの長い部下だから」

「基準が雑！」

「若くて健康で体力がある」

「判定ガバガバ！」

私のツッコミに、龍人さんは苛立ちよりだんだん面倒くささが勝《まさ》ってきたようだ。再びだるそうに背もたれに身体を預けてしまった。

「じゃあ、誰がいいって言うんだよ」

立ちのぼる気だるい空気。この人も無茶ぶりなのは理解しているのだろう。

そうだよね、いきなり、誰でもいいから跡継ぎを作ってこいだなんてね。

だけど、私が相手じゃ駄目だ。

「結婚したくないのはわかりました。でも、郡家に私みたいな貧乏庶民の血を入れたらいけません。たとえば、銀座《ぎんざ》の高級クラブに勤めるような綺麗で教養のある女性はどうです？」

「別に庶民の血とか関係ない。うちは金があるだけで、貴族でも華族でも財閥でもないぞ。それと、こんな依頼だからこそ、足元を見られない相手がいいんだ」

「私だって足元見ますよ。足元見てるから、龍人さんのお世話係やってるんです」

「おまえは裏表がないから、足元見てきても害がない」

褒めてない。というか、もうちょっと考えましょうよ！

ソファにもたれて天を仰ぐ龍人さん。その横顔は綺麗だ。この美しい男性の子どもを産みたいと言ってくれる女性は、いくらでもいるように思える。

「小梅がいい」

「はあ!?」

突然の言葉に、私はびくりと身体を揺らした。

だって、まるで告白みたいなんだもの。

「おまえは根性がある。そういうヤツの遺伝子が欲しい。俺と違って後継者向きだ」

まるで、自分は後継者に向かないと言いたげだ。そこで私はハッとした。

そうか、郡家は龍臣さんの後継者を龍人さんにすることもできるのだ。兄弟の年の差は三つ。お兄さんの後に龍人さんがジョーグン本体を継いでも問題ない。

しかし、ご両親は龍人さんを飛ばして、その子どもを後継者にしたいと言っている。

龍人さんは野心家ではない。頭の回転が速く、仕事もできるけれど、ジョーグンのトップに就きたいなどとは思ってもいない様子に見えた。

それでも、ご両親に『おまえじゃない』と断言されたことは、傷ついているのかもしれない。

「龍人さんは根性ありますよ。今の会社は龍人さんの力で大きくなっているんですし。普通の御曹司だったら、お飾りの社長で満足しそうなところをめちゃくちゃ頑張っているじゃないですか。まあ、ちょっと怠け者ですけど」

「ひと言多いな」

「事実ですもん」

慰めたいわけじゃない。でも、この人の価値を否定されたくない。私だって、部下として彼のことは好きだし、もり立てていきたいと思っている。

「私は龍人さんに拾ってもらって感謝してますからね」

「じゃあ、子どもを産むか？」

がくっと肩を落として、私は唸った。

「はい、またスタートに戻った。だーかーらー！　私じゃなくてもいいでしょう？」

「俺なりに考えて提案している。これを見ろ」

龍人さんは立ち上がり、鞄から資料を出した。それは……。

「介護付き有料老人ホームの案内……」

「光吉さんの入居を考えているんだろう？」

ぎくりとした。そうなのだ。私たちの大事な祖父は、最近ぐっと足腰が弱った。今は週に二回ヘルパーが来て入浴介助などしてくれるが、トイレなども厳しくなってきている。本人もプライドがあるので、家族の手を借りたがらない。

「少し前に俺も光吉さんから相談をされていた。家族みんなに世話をかけたくないから、どこかに入居できないかと。カネさんの闘病の件もあるんだろう」

「じいちゃんったら、勝手にそんなこと……」

私自身、考えてはいた。だけど、できる限りは私たち家族で介護をしたい。ホームに入れば、別々に暮らさなければならないのだ。

しかし、長く大黒柱を務めてきた祖父は、私たちに弱みを見せるのが何より苦痛の様子だった。お金を払って本職の人間に福祉サービスを受ける方が、本人の気持ち的にはラクなのだろう。今はまだよくても、介助が増えたとき、家族の手が回らなくなる未来も見えている。

「ここは入居型で、小梅の家から徒歩五分だ。機能改善プログラムも多く、サービスは充実している。今の光吉さんの介護認定なら入居要件を満たしている」

「無理です。こんなところ入れませんよ」

改めて入居金や月額利用料を見て、私は慌てた。都心部のホームは高額だ。さらにサービスが行き届けば行き届くほど、利用料は上がる。

公的な特別養護老人ホームは安価な分、どこもいっぱい。こういった有料ホームは空きがあっても高額。それも祖父の入居を迷う材料ではあった。

「それを俺が払う」

「は？」

「光吉さんには世話になっているし、本人のたっての希望だ。俺にできることはする」

「待ってくださいってば。そんな、龍人さんが……」

龍人さんは真剣な顔で、なおも言う。

「カネさんも術後だ。先進医療費が高額なのは知っている。保険で賄えないカネさんの治療費は俺が出す。病院へのタクシー代もだ」

祖父のときは病巣が取りやすい位置で、最低限の治療で済んだが、祖母に見つかった病巣は深い位置にあった。手術で大部分は取れたが、深層部分の病巣は現在の投薬で効き目が薄ければ、先進医療と呼ばれる治療を受けることになるだろう。

我が家の家計は大変なことになる。入院治療保険でどこまで賄えるか考えていたところだった。

「でも、それって……私が龍人さんの家の事情に協力すればってことでしょう」

うかがうように見つめると、龍人さんは頷く。

「もし小梅が後継者を産むなら、光吉さんとカネさんは曽祖父母にあたる。俺が金を出してもなんの問題もない。もっと言えば、桃太と桜子の大学進学まで資金は準備してある。海外留学も必要なら支援しよう。希望すれば、就職もジョーグンで面倒を見よう」

恐ろしいほどの条件がすらすら出てくる。私は慌てた。

「私がお金目当てで子どもを産むことになるじゃないですか」

「それでいいと言っている。おまえの身体にも人生にも負担をかけることだ。本来は金で解決とはいかないだろ」

「でも、桃太と桜子まで」

「妊娠出産を担ってくれるなら、その間、駒形家は稼ぎ頭がいなくなる。俺が資金援助をするのは当然だ。彼らは子の叔父《おじ》と叔母《おば》になるわけだしな」

並べられた条件は破格だ。祖母の今後の病状次第では、祖父の介護は厳しくなる。桃太は受験があるし、桜子はまだ家事をひとりで切り盛りできない。

私が頑張れば回せると考えつつも、資金繰りが厳しくなることは目に見えている。いや、正直に言えば家族は今の時点でもギリギリだ。

本当は桃太を塾に通わせてあげたいし、桜子には手伝いじゃなく部活をさせてあげたい。ふたりには小さい頃から我慢ばかりさせてきた。叶うなら、もっとのびのびと大きくしてあげたい。

「小梅が協力してくれるなら、俺も郡家も助かるんだ。駒形家のこの先は任せてくれていい」

「そんな……」

甘えてしまっていいのだろうか。そりゃ、子どもを産むなんて、軽い気持ちで引き受けられることじゃない。だけど、私が受ける恩恵と比べたらどうなのだろう。

龍人さんは少し考えるようにうつむいてから、口を開いた。

「おまえと知り合って五年くらいか」

「あ、はい。もう五年ですね」

「おまえは見た目より賢い」

「一度落とすのやめてください」

「正直者で肝が据わっている。俺はおまえを人間的に信頼して相談してる」

やはりまだ相談のつもりだったのね。まあ、最初より相談風にはなってきているようには思う。

「郡家の窮状を救ってほしい。俺の世話係を決めたときのように契約書を作る。できる限り、おまえの希望通りにしてやる」

この人なりに精一杯なんだろう。少なくとも私はこの人に信頼されているわけだ。

跡継ぎの母親として、適当だと思われている。

「龍人さん、さすがにこれはアルバイト感覚では引き受けられないです。私も母になる覚悟がいるわけですし」

「だろうな」

「でも、龍人さんが信頼して頼める女性が私だけっていうのはちょっと同情案件といいますか。本当に龍人さんって格好いいのに残念な人ですよね」

「おまえこそ、その減らず口をどうにかする気はないのか」

龍人さんがむっとした顔で言うので、私は明るく笑った。こういうことは、前向きに話した方がいい。みんなの将来に関わることだ。

「私が赤ちゃんを産んだら、郡家も駒形家もウィンウィンの関係になりますね。正直、我が家はめちゃくちゃ助かります。まあ、意地汚い話、お金はいつもないんで」

息を吸い込み、龍人さんを見つめた。

「このお話、お引き受けします」

わずかに龍人さんが目を見開く。

この人、ここまで言っておいて私が引き受けるとは思わなかったのかしら。

「即決だとは思わなかった」

「いや、ここまで条件揃えられて、これ以上考えても仕方ないですし。あ、契約書は一応お願いしますね。那賀川さんが作ってくれる感じですか？」

すると、龍人さんが立ち上がる。いきなり顎を掴《つか》まれたと思ったら、顔が近づいてきた。そのまま唇が重なる。

驚きすぎて言葉が出なかった。何しろ、これはキスだ。誰がどう見てもキスだ！

ええええ？　龍人さんとキスしてる!?

なんで!?　そういう話でしたっけ？

「わああ！」

私は勢いよく龍人さんの身体を押し返した。さほど力を入れていなかったようで、龍人さんはあっさりと離れた。そのまま、ソファにどさりと座る。

「なんなんですか！　いきなり！」

「子作りに応じたのはおまえだろ」

龍人さんはなんでもなさそうな声音だ。むしろ、こいつ何言ってんだくらいのテンション。

「寝室に行くぞ。それとも、シャワー浴びるか？」

「おかしいですよ！　無理です！」

応じたとはいえ、その場でいきなり子作りできるわけがない。気持ちを切り替えられない。

「そういうことは、契約書を取り交わしてからです！」

もっともらしく怒鳴ると、龍人さんは、ああ、という顔になり素直に頷いた。

「確かにそうだな。じゃあ、取り急ぎ作る。友貴《ともき》に連絡を取ろう」

友貴というのは那賀川さんの名前。ふたりは親友だものね。でも、那賀川さんもこの話はびっくりするに違いない。

「契約書を取り交わしたら、そういう行為について考えましょう。わかりましたか？」

「了解した」

龍人さんが私をじっと見つめる。あの唇とキスをしてしまったと思うと、私の心臓はまったく落ち着いてくれない。

キス……ファーストキスだったんですけどね、私。

「小梅、引き受けてくれて感謝する。頼りにしている」

そう言って、龍人さんは頭を下げた。

たぶん彼がこれほど素直にお礼を言ったのは、出会ってから初めてだと思う。

＊＊＊

私が郡龍人と知り合ったのは大学二年生の秋だった。今からちょうど五年前になる。

その日私は、りんかい線沿いの大きなショッピングモール内のスーパーに試食販売のアルバイトに行っていた。

試食販売――いわゆるマネキンは登録制であちこちのスーパーに派遣される。商品説明を受け取り、現地入りして責任者に挨拶をしたら搬入された商品を預かり、時間いっぱいまで勤務する。ヨーグルトやチョコレートなんかは簡単。温かなものはタイミングや技術がいるので難易度が上がる。

そこは多種多様なアルバイト経験者の私。なんでもござれだ。この日も、お客さんが常時鈴なりで忙しく一日を終えた。

仕事を終え帰ろうとすると、ショッピングモールの中央出入口付近で何かを配っている。そういえば昼休憩のときも見かけた。

若いバイトスタッフがチラシを渡し、説明のブースに招こうとしているようだ。しかし、ほとんど素通りされていた。結構人通りがあるのに、チラシ自体を受け取ってもらえないようだ。

「予定の枚数が捌《は》けてないぞ」

社員風の男性がバイトスタッフたちを叱咤《しった》している。夕方は夕食準備や外食と目的のある人が多い。あまり足を止めてもらえないと思うなあ。

興味本位で近づいたところ、「お願いします」とチラシを渡された。

『お願いします』だけじゃ、なんのチラシかわからない。

見れば、有名なインテリアや雑貨販売のホームセンターがこの施設にオープンしたらしい。そのECサイトのチラシだ。二次元コードを読み込んで、ECサイトに登録して……。

当時、ジョーグンはいくつかのECサイトでネット上の買い物ができるマルチチャネルシステムを採用していた。常郡パスシステムの仕事はこのECサイトの管理だったそうだ。

その後、私が入社した頃にオムニチャネル化するのだけれど、このときはまだその前段階。チラシを見て、興味のある人ややり方のわからない人にブースで説明していたようだ。

「チラシ、捌けてないんですか？」

私は思わずそのバイトの子に声をかけてしまった。すると、バイトをまとめていた若い社員風の男性が聞こえていたのか、振り返った。

「恥ずかしながらね」

男性が苦笑いで答えた。胸に【那賀川】とプレート。

「配りましょうか？」

なんでそんなことを言ったかといえば、『私ならできる』と思ったのだろう。何しろ、ティッシュ配りもフライヤー配りも超得意だ。

那賀川という男性が『え』と驚いた顔をする後ろから、別な男性が現れた。背の高い人だ。

二十代半ばか後半か。びっくりするくらいスタイルがよく、整った顔立ちをしていた。高い鼻梁《びりょう》や薄い唇は品がいいのに、瞳はぎらりと野性味を感じる。一方、醸す雰囲気はどこか気だるげで、男性に使う言葉として適切かは知らないけれど色気を感じさせた。

他のメンバーがキャンペーン用のポロシャツを着ている中、彼だけがブラックスーツ。おそらく偉い立場の人だ。瞬時にそう判断できた。

「できるのか？」

「はい。ブースにご案内するノルマとかあります？」

「とりあえず二十組」

「わかりました。出来高で、時給にプラスアルファお願いします」

自分の荷物をブース裏に置かせてもらい、バイトの子からキャンペーン用のポロシャツを借り、服の上からかぶる。どっさり余ったチラシを手に、彼らに向き直った。

「じゃ、始めますね」


そこから私は余っていたチラシを一時間ですべて配り終えた。

『ジョーグンのネットショッピングサイトでーす』『中のお店、混んでましたよねえ。ゆっくり見られなかった商品はこちらでチェックしてくださいね』『ああ、これ人気なんですよぉ。でもほら、ネットなら在庫あるんです~』と買い物客を片っ端から呼び止めて、チラシを受け取らせた。

新規店舗がオープンしているのは、買い物客のほとんどが知っているはず。でも、スーパーや他の買い物に来た客は、混んだお店をわざわざ回らないことも多い。覗いてみてもレジに行列ができていれば、また今度にしようと買い物まで結びつかない。

そういった客を見定め、狙い撃ちした。スマホ操作やネットショッピングに慣れない年配層をブースに招き、二十組のノルマも一時間以内に達成だ。

「すごいな。きみ、申し訳ないけれど今日の分のお給料は振込になるんだ。振込先や住所の書類を書いてもらえるかい？」

那賀川という男性が言い、私に依頼をした方のスーツの男性が前に進み出る。

「名前は？　ここの従業員か？」

偉そうな人だなあと思いつつ私は答える。

「駒形小梅、大学生です。今日はアルバイトでここに」

「そうか。パソコンは扱えるか？」

「人並み程度です」

彼は少し考えるふうにうつむき、それから名刺を渡してきた。

「仕事が欲しければ連絡しろ。バイト代ははずむ」

名刺には【郡龍人　常郡パスシステム代表取締役社長】と書かれてある。

おお、こんなに若いのに社長さん。もしや、ジョーグン本社の関係者だろうか。

「バイト代、はずんでくれるんですか？」

私は臆せずに聞いた。どうせなら言質《げんち》を取っておこう。

「ああ、おまえの出来次第だがな」

郡龍人はそう言った。

「駒形小梅、今日は上出来だった。プラスアルファは期待してくれ」

後日振り込まれたアルバイト代は、たった一時間とは思えない額だった。私は高額のバイト代に釣られて、彼に連絡を取ることとなる。

これが私と郡龍人の出会い。五年経ってこんなことになるとは、思いもよらなかった。

＊＊＊

翌朝、自宅の台所で、昨夜の件を反芻《はんすう》しながらおにぎりを握った。続いて、卵焼きと味噌汁を作る。

家族の分は置いて、自転車で龍人さんのマンションへ出発だ。毎日の朝食はこんな日だって休まない。

自転車を漕ぎつつ考える。うん、とりあえず頑張ってみよう。お互いに利益のある契約にすればいいんだもの。

母親になるのはまだ自信がない。私がお母さんか。あんな適当な母親から生まれた私がちゃんと母親になれるのかな。でも、それが仕事なら、務め上げなければ。

「おはようございまーす」

合鍵で部屋に入ると、龍人さんは寝室のようだ。ここもいつも通り、ノックだけして無造作にドアを開ける。

「おはようございます、朝ですよ」

「おう」

龍人さんはまだベッドの上だった。シーツと毛布の隙間から、黒々とした綺麗な髪の毛が覗いている。

「ごはん、準備しときますからねー」

私はダイニングテーブルにおにぎりと卵焼きを並べる。あとは保存容器に作ってある即席味噌汁をお湯で溶いて完成。

この手早い準備の間に、龍人さんはもそもそと起き上がってきた。顔を洗い、食卓に着くまでにお茶も淹れて完成だ。

なお、このときまだ龍人さんが起きていなければ、私はひとりで食事をとり、龍人さんに『起きろおおお！』と怒鳴ってから先に出社することにしている。一緒に出社することはない。

「飯」

「はいはい、できてるでしょ。ちゃちゃっと食べてくださいね」

いつものやりとり。ゆうべ子作り計画を立て、キスをした仲とは思えない。実感はないけど、この人の子どもを産むのか、私。

龍人さんは席に着き、おにぎりを無造作に口に運ぶ。もそもそと咀嚼している。

「昨日、小梅が帰った後、親に話しておいたぞ」

親に？

私がいぶかしげに顔をしかめると、龍人さんは残りのおにぎりを口に詰め、頷いた。

「『子どもを産んでくれるアテ』として、おまえの資料をな。健康上問題ないことと、プロフィールを」

「勝手に！」

声を荒らげてみたものの、郡家からしたら気にしても不思議はない。どこの馬の骨とも知れない人間の血を家に入れるのだ。

「え？　私なんかで大丈夫でした？　親はいないですし、実家は貧乏ですし」

「病気知らずで頑丈というところに、うちの親は喜んでいたぞ。俺と長く仕事をしている部下だというのも安心条件のようだな。あとは」

味噌汁をずずっとすすって龍人さんが言う。

「お袋は、おまえの顔が可愛いと言っていた」

「かお!?」

思いもかけぬ褒め言葉に、おおいに狼狽《ろうばい》してしまう。どう贔屓目《ひいきめ》に見ても、私は十人並みの顔立ちだ。

「お袋自身は、郡家直系だなんだというのは興味がない。小梅に似れば男でも女でも可愛らしい孫が生まれるだろうと、そっちの方を喜んでいたぞ」

「お眼鏡《めがね》に適《かな》い恐縮です」

「お袋は男しか育てていないから、女に対する美醜《びしゅう》のこだわりがさほどうるさくなくてよかったな」

「上げて落とさないでください」

ともかく、郡家も私の存在を認知した。跡継ぎを産む女として扱われるのね。そのうち挨拶に行くのかな。

「あ、昨日聞き忘れていたんですけど、跡継ぎというからには男の子ですよね。女の子が生まれた場合はどうしますか?」

女の子だったらいらない、なんて言われたくないから、契約前に聞いておかなければならない。

龍人さんはなんでもなさそうに答える。

「今の時代、跡を継ぐのに性別は関係ない。そこはさすがに、親父と兄貴がじいさんたちを黙らせるさ」

よかった。それなら、私のお役目は一回で済む。

「那賀川にも契約書の件を頼んでおいた。今日にはできるだろ。もらって押印しろ」

「わかりました。あ、この件って会社では内密にした方がいいヤツですよね」

少し考え、龍人さんは答える。

「小梅の腹が膨らめば自然にバレる」

つまりは、妊娠が傍目に見てわかるようになったら、この奇妙な契約を周囲に明かすことになるのか。私と龍人さんだし、みんな『そういうこともあるか』くらいに納得してくれるかな。それとも、白い目で見る社員もいるだろうか。

「まあ、一般論として安定期までは言わなくてもいいんじゃないか？」

「そうですねえ。あ、秋村にだけ先に言ってもいいですか？」

私は同期の秋村豊の名前を口にする。

「ほら、つわりがきついと仕事もままならないらしいじゃないですか。そういうとき、私の仕事を代行できるのってあいつなんですよね」

「ああ、いいぞ。秋村は馬鹿じゃないからな。無駄に騒ぎ立てたりしないだろ」

それから、と龍人さんが付け足す。

「大事なことを言い忘れてた。子が生まれてからのことを決めていなかった」

それは養育費などのことだろうか。それも契約書に入るんじゃないの？

龍人さんが人差し指と中指を立てて、私の顔の前に突き出す。

「おまえにはふたつ選択肢がある。マルイチ、子は俺が認知し、おまえの籍で成人まで養育。費用負担はすべて我が家。大学卒業を目途に郡家に入ってもらう」

「私はその流れだと思ってましたけど」

「マルニ、生まれた子はすぐに兄夫妻の養子に出す」

どくんと心臓が鳴り響いた。

それは、私は産むだけでいいってこと？

「これは兄夫妻も両親も了承済みだ。何しろ、小梅はまだ二十五。経産婦にしてしまうのが申し訳ないが、この先、恋仲になった男と結婚することもあるだろう。そんなとき、子どもがいたら恋愛どころじゃない。おまえの将来のためにも、産んだ子は郡家で養育もできるってことだ」

私は数瞬黙った。それから首を左右に振った。

「それはお断りします。どんな形でも、私が産む私の子です。私が育てます」

子どもを産んで他人様に託す。それじゃ、私の母親と変わらない。それが向こうから請われてでも、子どもからしたら実母が捨てたも同然だ。

「親として郡家で権力を持ちたいといった主張は絶対にしません。そのへんも契約書に入れてくれて構わないです。でも、親子の繋がりは切りたくないです。できれば……」

龍人さんが私の顔をまじまじと見た。それから頷く。

「わかった。それでは、子は駒形家で養育することにしよう。俺は父親としてバックアップしていく」

「それはぜひお願いしますね。私立の有名大学付属の幼稚園とか、うちの財力じゃ無理ですから」

私は明るく笑った。子どもは産む。それが郡家のためと駒形家のためでも、生まれてくる子どもに悲しい思いをさせたくはない。

まだ先のことだし、母親になれるかという自信もない。だから、たぶん私はこれから授かる予定の子に、私や桃太、桜子を重ねているんだと思う。

朝食の後、私は先に出社し、今日の業務に入る。間もなく出社した龍人さんも忙しく外出したり、打ち合わせをしたりしていた。

そんな中、那賀川さんが私のデスクにやってきた。

「ほい、例のもの」

そう言って差し出してきたのは、龍人さんの言っていた契約書だ。つまりは私が郡家のために子どもを産み、そのために駒形家はこんな利益を受ける約束だよという内容の。

那賀川さんは法律関係に明るく、龍人さん直々に頼まれ、こういった法務の仕事も引き受けている。私と龍人さんのお世話係の契約書も、彼が作ったものだ。

「仕事、早いっすね、那賀川さん」

「正直、昨晩電話で龍人から聞いたときは、十回くらい聞き返したよ。駒形、おまえもとんでもない話にのったな」

那賀川さんははっきりと内容は言わないけれど、周囲を慮《おもんぱか》って小声だ。

「契約書の通り、我が家にもメリットありまくりですし」

私が学生時代から家のためにバイト三昧だったことを、この人はよく知っている。社長のお世話係なんて雑用を、手当て付きの仕事にしてくれたのも那賀川さんだ。

「この会社には終身雇用してもらう予定なんで、本社の跡継ぎ問題は私も大事なんですよ。若くて健康ですし、きっと元気な赤ちゃんを産んでみせますよ」

私はここぞこそ答えて、にっと笑った。

「駒形ひとりの問題じゃない。妊娠出産に絶対もないんだ。無理するな」

那賀川さんは一昨年結婚して、昨年お子さんが生まれている。たぶん、龍人さんより妊娠出産に理解がある。もしかすると、当事者の私より理解が深いかもしれない。

「困ったらすぐに相談します。仕事には障りが出ないようにしますので」

「仕事もそうだが、駒形自身もだよ。おまえは結構無茶するからな」

「心外ですねえ」

那賀川さんの心配そうな顔に、私は力強く笑い返した。

さて、もうひとり協力者を増やさなければならない。私はその日の昼休み、同期の秋村豊を誘った。

ふたりで近所の定食屋のカウンターに着く。このオフィス近辺で一番コスパのいい店だ。味、量ともに抜群。ただし店は古い雑居ビルの一階で、引き戸はがたつくし、のれんはすすけている。

普段は節約のため弁当持参の私が、外でのランチなどと言いだしたので、秋村は何かあるのだろうという顔を最初からしていた。

「……ということで、子どもを産むことにしたんだ」

秋村は私の話をじっと聞いていた。生姜《しょうが》焼き定食を食べる箸は途中から止まっている。

「でさ、つわり？　そういうのがひどかったら、秋村に仕事の負担がいくかもしれない。先に言っておかなきゃと思って。私が出産で抜けるときも、たぶん秋村に頑張ってもらうことに――」

「おまえはそれでいいの？」

秋村が言葉を遮るように尋ねてきた。

「それでって、赤ちゃんを産むことについて？」

「他に何があるんだよ」

怒っているわけではなさそうだが、秋村の顔には不信感が見えるし、口調は厳しい。

「さっきも言ったけど、郡家は跡継ぎ問題が解消するし、駒形家はありとあらゆる面で助かるんだ。祖父の介護問題や、祖母の闘病問題。弟も妹も選べる進路が増えるし、部活や友達と遊びに行くのも我慢させずに済む」

「おまえはどうなるんだ？」

はた、と止まる。

私？　私がなんだと言うのだろう。

笑った顔はどこかへらへらと調子がよさそうになってしまう。

「いや、家族みんな助かるから私もハッピーだよ」

「駒形はいつも家族第一だろ。自分自身の幸福とか考えたことあんの？　金稼いでおじいさんたちをラクさせてやりたい、弟妹を大人にしてやらなきゃいけない。それだけで生きてきただろ。自分の人生は全部後回しにして」

その通りだ。だって、自分自身の夢を見るゆとりがなかった。この世界は世知辛くて、夢を見るにもお金がいるのだ。

だけど、私はそれを不幸とは思っていない。

そりゃ、同い年の女の子たちがお給料で可愛い服を買い、旅行の計画を立て、ブランドもののコスメで装うのが羨ましくないとは言わない。

でも私は、家族で餃子を包んで食べたり、くだらないことで笑ったりする毎日がいい。それ以上はもらいすぎだ。私にちょうどいい幸福はあって、私はそれを守りたい。

「子どもを産むって大変なことだと思うぞ。しかも養子に出さずに育てるなら、この先、駒形が恋愛するのはその子が成人してからだろ。郡家のために人生半分くらい差し出すようなもんじゃないのか」

「私さ、恋愛をする自分ってあんまり想像つかないんだよね」

私は持ち上げたアジフライを皿に戻した。自分の声音が自嘲的なものに変化しているのを感じる。

「うちの母親は恋愛するたびに子ども作って、子どもを捨ててまた次の恋愛して……って人だったから。恋愛自体にあんまりいいイメージないんだ。でもさ、女として子どもを授かってみたいって気持ちは不思議とゼロじゃないんだよね。本能的な部分かもしれない」

「まあ、そういう話も聞くよな。シングルで子どもだけ欲しいっていう」

「だから、悪い機会ではないかなって思う。妊娠出産を経験できる。養育費のバックアップ付きで育児も経験できる。大人になったら、その子は天下のジョーグンの跡取りだよ。幸せ確約じゃない。それに龍人さんの遺伝子なら、男でも女でも美形に違いないし」

秋村が、ふうと息をつく。私を心配してくれるありがたい同期。私は横から顔を覗き込み、不安にさせないように笑ってみせた。

「みんなに迷惑かけない。協力頼むよ」

「わかったよ。唯一の同期だしな。任せろ」

もしかしたら完全には納得がいっていないのかもしれない。しかし、秋村は応えてくれた。

食事を再開した秋村が、ふと手を止める。

「ところで、駒形って恋愛経験あんの？」

「え？　ないけど？　そんな暇とお金なかったし」

「つまりは……」

言葉を選ぶようにしばし黙り、それから「頑張れ」とだけ呟いた。

言いたいことはわかる。そうだ。恋愛経験ゼロの処女だけど妊活するのだ。

3. 一夜身ごもり計画

早朝、いつもの時刻にスマホのアラームを止め、私は枕元に手を伸ばす。体温計を手に取り検温。ピピピという電子音とともに私の今朝の体温がわかる。

三十六度五五分。はい、平熱。その数値をこれまた枕元にあるスマホのアプリに入力。

うーん、昨日と体温変わってないなあ。

何をしているかというと、基礎体温を測っているのだ。毎朝起きた瞬間に体温を測り、その数値の変動でなんと排卵日がわかるという。

排卵日に性行為をするのが妊活で大事なのは、私だって知っている。

「いつなんだろ、排卵日」

私は隣で眠っている桜子を起こさないように身体を起こし、布団を畳んだ。

さて、我が家の分と龍人さんの分の朝ごはんを作らねば。

龍人さんから妊活を依頼されたのは一週間前。ちょうど月経が終わったタイミングだった。一般的には月経初日から数えて二週間目頃が排卵日らしい。

普段の私の月経周期は二十八日。月によっては二十五日だったり三十一日だったり。不順というほどじゃないとしても、確実に排卵日を掴むにはこの基礎体温を測ることが大事なのだと思う。

……何しろ、こちらは男性とそういった経験がない。

最初は痛いらしいし、そんな行為を何度もしたくない。龍人さんと繰り返しそういうことをするなんて気まずいし。一回で無事受精&着床！を狙うには排卵日作戦が一番効率的なのである。

たとえば、龍人さんと私が揃って産婦人科を訪れ、妊活相談をし、確実にこの日がいいですよ！と指示された日に行為に及べばいいのかもしれない。

しかし、あの面倒くさがりの龍人さんが私と病院に行ってくれるだろうか。私も産婦人科医に相談するのはあまり気乗りがしないし、基礎体温でわかるなら、それが一番手っ取り早い。

「で、いつにするんだ」

龍人さんは私の作った朝ごはんをもぐもぐ食べながら尋ねてくる。今日のメニューは塩鮭をどんとごはんにのせたものだ。それに即席味噌汁。簡単で美味しい。

「排卵日がまだみたいなんですよねえ。たぶんそろそろだと思うんですが」

私はまるで仕事の予定のように答える。

事務的になってもしょうがないじゃない。実際、事務作業として考えている節もあるし。

「面倒くさいから、今夜済ませよう」

龍人さんはまだ眠そうな顔でぼそりと言う。向かいに座っていた私は味噌汁の椀《わん》を置いて、龍人さんを睨んだ。

「簡単に言わないでください。一回で済んだ方がお互いラクでしょう」

「そりゃそうだが、何回かした方が確率上がるだろ」

何回か……。事務作業とは言ったけれど、あまりに恥じらいがないなあ、この人。

「私は一回で確実に、がいいです」

「確実なんて、ない」

「そうかもしれないですけど」

もそもそと残りのごはんを口に運びながら、私はちらっと龍人さんの顔を盗み見る。

この人は私を抱けるんだろうか。こんなイケメンが相手にしてきた女性って、みんな美人でスタイル抜群のスーパーモデルみたいな人ばっかりでしょ。私みたいなちんちくりんの小学生男子っぽい女にその気になれるのかなあ。普段だって、絶対異性として見ていないでしょう。

「ともかく、排卵日が来たとわかったら、すぐに連絡しますから。その日は絶対に都合つけてくださいよ！」

私の言葉に、龍人さんがふふっと笑う。何よ、その意味深な笑い。

「今の小梅のセリフ、妊活っぽいな」

妊活してるんだから、当たり前じゃろがい‼

しかして、その日は翌日にやってきた。

朝起きて同じ手順で体温を測る。

んん？　三十六度ちょうど。今までの体温より明らかに低い。もしかして、これが排卵日の兆候？

途端に心臓がドキドキしてきた。作戦決行は今日。ついに今日だ！

「お姉ちゃん、顔赤いよ。熱ある？」

朝食を作っていると、桜子が覗き込んでくる。

熱は低いのよ、何せ排卵日なので。

などと、中学生に言えるはずもなく、私は精一杯普通に答える。

「布団めちゃくちゃかぶって寝てたせいかなぁ。サウナの夢見たんだぁ」

「ふうん。お姉ちゃん、先週あったかい布団、押し入れから出したもんねえ。明け方冷えるし、私もそろそろ出したいなあ」

桜子は私の変な言い訳をさらっと信じる。単純というか純粋というか、ちょっとぼんやりしてるからな、この末っ子。

「明後日の土曜、晴れらしいし、そこで一度干そうか。桃太の分も」

「そうしよ。平日は雨が怖いから干せないもんね。おばあちゃんに取り込ませたくないし」

「洗濯物も大きなピンチハンガーは使わないようにしようね。万が一おばあちゃんが取り込むときに負担にならないように」

「ラジャ」

制服のスカーフを結びながら桜子は行ってしまった。私は人数分の目玉焼きを皿にのせていく。

今日は食パンと目玉焼きとソーセージとボイルしたインゲン。私は家族と食べるから、龍人さんの分だけ包んで……。

その龍人さんに会うことを考えたら、また頬が熱くなってきた。

意識するな。意識するな。相手は龍人さん。これは仕事!!

「というわけで、排卵日のようです」

玄関先で朝食の包みを突き出し、私は真面目くさった調子で告げた。あれこれ混乱してしまい、この部下口調が精一杯だった。

龍人さんは私が差し出した新聞紙でぐるぐる巻きになった朝食を受け取り、私を見つめた。

「つまりは今夜だな」

「……はい」

家族に仕事で遅くなる旨は伝えた。着替えの下着も準備した。

「俺としては今からでもいいが」

「私がよくありません！　では！」

「おい、小梅。おまえ飯は？」

「今日は家で済ませてきました！　お先に出社します」

私は大きな声で言い、ばたんと戸を閉める。

我ながら変な態度を取ってしまっている自覚はある。でも、今夜そういう時間を過ごす人と同じ空間でもじもじしていたくない。

落ち着け、私。今夜一回きりのことだ。


しかし私は一日中、ろくに龍人さんに近づけもせずに過ごした。突然頬が熱くなったり、心臓がドキドキしたりするんだもの。これってホルモンの異常では？　少なくとも情緒不安定な状態にはある。

龍人さんはいつもと変わらず、用事があるときは遠慮なく呼びつけるけれど、私がぎくしゃくしていたのはたぶん気づいていたと思う。

定時近くになり、スマホに連絡が来た。

【飯は簡単なものでいい】

社長ブースにいるのに、わざわざメッセージを送ってくるなんて。私を気遣っているのかな。

いや、たまたまでしょ。っていうか、隠れて付き合っているカップルみたいだから、いつも通り雑に呼び出して『小梅、飯作っとけ』なんて言ってくれた方が気がラクだ。

ともかく私は定時過ぎに上がり、スーパーに寄ってから龍人さんのマンションに到着した。この頃にはまた動悸《どうき》が激しくなっていた。うう、心臓壊れる……。

夕食にステーキ肉を焼いているうちに龍人さんが帰宅した。

「お、うまそうな匂いがする」

「お肉を焼いてます」

答えながらまたしても心臓が痛くなってきた。龍人さんがキッチンにやってきてフライパンを覗き込む。

「毎日こうやって肉だけ焼いていればいいのに」

「残念ですが、サラダもありますので」

「俺はウサギじゃない」

「ウサギじゃなくても野菜は食べるんですよ。残念ですねえ」

なんで、この人は普通にしていられるのだろう。私が相手では意識するに値しないのか。

そうだよね。経験豊富な彼にはきっとセックスなんてたいしたことじゃないのだ。だいたい男性は好きじゃなくても身体は反応するらしいし。

んん？　その論理だと、女性にとってはやっぱり好きじゃない相手との行為はしんどいものなのだろうか。めちゃくちゃ痛かったらどうしよう。

我慢強い方だとは思う。健康で頑丈すぎて、大きな病気も怪我も経験がない。中学生のとき、桃太が転んだのを庇《かば》って左手の指を折ったことがあるけど、それと比べてどっちが痛いかな。

悶々《もんもん》と考えながらの夕食となってしまった。普段は元気いっぱい食欲いっぱいの私が今日は朝からあまり食べられない。お肉も小さな塊を飲み込むので精一杯だ。

龍人さんはまったく気にすることなく、食欲旺盛にメニューを片づける。これから、そういうことをするから、精をつけておこうということなのかな。

いやいや、余計なことは考えちゃ駄目だ。

食後、私が夕食の片づけをしている間に、龍人さんはシャワーに行ってしまった。

こうなると、落ち着かなさも極限状態になってくる。

次は私がシャワーを浴びて、その後はいよいよ……いよいよだ！

「おい、小梅。シャワー空いたぞ」

ほら、きたあ！

私は心の中で叫び、ぎくしゃくと荷物を持ってバスルームへ。掃除では入るものの、使うのは初めてだ。

身体を洗い、ムダ毛をチェック。手触りが悪いのは申し訳ないじゃない。

髪の毛も洗い、ドライヤーでふわふわに乾かす。長いままにしておこうか悩んでひとつにまとめた。

これまた手触りといい匂いのために、ボディミルクを全身に塗っておく。秋村の彼女が自社ブランドのものをプレゼントしてくれたのだ。

下着は、唯一持っている上下揃いのベビーピンクのレース。準備完了！　もうやることがなくなってしまった。

「シャワーお借りしました」

今日の日中に着ていたシャツとスカート姿で、おずおずとリビングに戻ってくると、ソファで仕事をしていた龍人さんが私の様子を見て言った。

「部屋着、持ってこなかったのか？」

「泊まる予定じゃなかったですし」

「帰らないってカネさんに連絡しとけ。あと、Tシャツは貸す」

龍人さんは寝室に入り、大きなTシャツを放ってよこす。私が着たらワンピースサイズにはなるとはいえ……泊まるの？

「あの……」

「確実に妊娠できるように、何度かするぞ。朝までとは言わないが、深夜になる。おまえの身体的にもきついだろうから、今夜は泊まれ。朝、着替えを取りに車を回してやる」

ええ、すごく親切で紳士。

って、そうじゃなくて、何度か？　え？　そういうものなの？

そういうことってひと晩に一回で終わりじゃないの？

大慌てなのに、素直な部下根性を発揮して祖母と桃太にメッセージを送る私。

【今夜は超残業なので、職場で寝ます。朝帰ります】

以前も繁忙期はそうだったし、怪しまれないとは思う。

「来い」

スマホを置いた私に龍人さんが声をかける。呆れるほどいつも通りだ。

私は全身が震えていることに気づいた。緊張しているのだ。

龍人さんについて寝室に足を踏み入れる。いつも無造作に入って、ベッドの龍人さんを叩《たた》き起こしている場所で、これから抱き合うのだ。

苦しい。息ができなくなりそう。

「あ、あの、龍人さん」

「なんだ？」

先にベッドに腰かけた龍人さんがいぶかしげに私を見た。

「私ですね、そういった経験がなくて」

「ああ、そんなことだろうと思ってる。わかったうえで依頼している」

さらっと答えられてしまった。

マアソウデスヨネ。彼氏いたことなさそうな雰囲気だもんな、私。

「処女をもらうこと、申し訳なく思ってる」

「子どもを産めって言っておいて」

「命令はしてないぞ。初体験も妊娠出産も経験させることになる。嫌な思いはさせないようにするから、力を抜いてろ」

そう言って、龍人さんが私の手首を掴んだ。

引き寄せられ、腕の中に閉じ込められる。

「龍人さん！」

抱擁に驚く間もなく口づけられた。この前の軽いキスじゃない。あっという間に舌が歯列を割って滑り込んできた。

熱い塊が口の中で蠢《うごめ》く。

「んんんっ！」

気持ち悪くはない。だけど、変な感触だ。頭が混乱する。

シーツに押し倒され、さらに深くキスをされる。唾液の混じり合う水音とかすかな互いの呼吸音。

すごい、龍人さんは私みたいな一部下相手にも、平気でこんなことができる。たぶん、普段の私を完全に忘れ、ひとりの女として扱えば身体は反応するのだ。

私もそうした方がラクだ。ここにいるのは龍人さんじゃない。私を気持ちよくしてくれる相手。きっと初めてでもとろけさせてくれるはず。期待していい。

「……龍人さん、ちょっとストップで」

頭で考えているのに、口が勝手にストップをかけていた。

駄目だ。全然そんなふうに考えられないよ。目の前にいるのは龍人さんだもの。格好よくて、偉そうで、信頼できるお兄ちゃんみたいな私の上司でしかない。

「集中しろ、小梅」

耳朶《みみたぶ》を舐められ、ささやく声に、私はかぶりを振った。

嫌いじゃない。人間としては好き。今だって不快な触られ方はしていない。

それなのに、こんなふうに私を抱こうとする龍人さんは違う。ええと、なんて言えばいいの？　私の中の龍人さんと目の前の龍人さんがかみ合わない。こんなの龍人さんじゃない。

首筋にキスされ、びくびく身体が震える。

「ちょ、そこ。待って……」

「小梅、力を抜け」

龍人さんの手が私のシャツのボタンをはずしていく。ボタンがひとつはずれるたびに、心音が大きくなっていく。

シャツの前を暴かれ、薄明かりしかない室内でも下着が見えているはず。龍人さんの大きな手がブラジャーをたくし上げた。裸の胸に、冷たくなってきた夜の空気が触れる。

「龍人さん、待って」

間近にある整った顔は真剣だった。そして荒い吐息から、彼がそれなりに興奮し始めているのも感じられる。

大きな手が私のささやかな胸を包もうとした瞬間だ。

「やめてください！！！！」

私は全身全霊で叫んでいた。しかも、渾身《こんしん》の力で、龍人さんの身体を押し返して。

龍人さんは耳元での絶叫にしばし顔をしかめて黙った。

それから身体を起こす。

「おまえなあ！」

「すみません！　でもやっぱりちょっと待ってもらえますか？」

私も身体を起こし、ずらされた下着やシャツの前をかき合わせる。心臓がばくばくと爆発しそうに鳴り響いていた。

「なんだ、何が悪い」

「いや、なんていうか。私も驚いてるんですが、龍人さんのことが怖い……みたいで」

「優しくしてるだろうが！」

「優しいんですけど、そこが怖いっていうかあああ！」

半泣きで怒鳴る。自分でもどうしてこうなってしまったのかわからない。だけど、龍人さんとこれ以上進むのが怖い。こんな龍人さんは知らないし、知ってしまったらいろいろと戻れなくなりそうだ。きっと、私は一生彼にぎくしゃくとした態度しか取れなくなる。そんな気がする。

半ばパニック状態の私を見て、龍人さんは苛々と頭をかき、ベッドの上に胡坐《あぐら》をかいた。

「小梅の処女力をなめてた」

「な、なんですか、その戦闘力みたいな言い方」

「根性あるから大丈夫かと考えてた。おまえも初体験にビビる脳を持ってたんだな」

うう、『何よ、その言い方！』と文句も言えない。私も自分で平気だと高を括《くく》っていたせいか、予想外の感情の動きに驚いている。

龍人さんからの指令を遂行できなかったのは初めてかもしれない。別に滅私奉公な部下じゃないけれど、我ながら結構チョロい神経してたんだわ、と感じ、落ち込んでしまいそう。

一方で、ドキドキと鳴り響く心臓は収まる気配もなく、手足もがくがく震えている。

もう一回お願いします、とはとても言いだせない。

すると、龍人さんが私に背を向ける格好でごろりと横になった。

「悪かった」

「え？」

今、この人、私に謝った？　レアケースに遭遇してる気が……。

「怖がらせて悪かったって言ってるんだよ」

「あの……私、契約をやめるとは言いません。一度お受けした仕事ですし。でも、もうちょっと時間を……もらえると」

「俺もそう思った。すぐには無理だな、小梅には」

首だけねじって私を見る。龍人さんは呆れた顔、というよりは、困ったような顔をしていた。

「今日は添い寝だ。少し、俺に慣れろ」

「はあ、隣で寝るって感じですか」

「添い寝って他にどうするんだよ」

「龍人さん、いつもお布団を抱き枕にして寝てるじゃないですか。私、明け方寒い」

「余裕の意見だな、おまえ」

がばっと龍人さんが身体を起こし、私の身体を抱き寄せる。今さっきの出来事に、びくっと再び跳ねる私を、強引ながらもシーツに横たえた。そして上からふかふかの羽毛布団をばさりとかける。

「つべこべ言うな。寝ろ」

まだ二十一時……。というか、今さっきエッチなキスをしてしまった人の横で眠るとか無理……まだ心臓痛いし。

そんなことを思いつつ私は目を閉じた。

緊張感から解放されたのか、意外にもあっさり眠りは訪れ、私は朝までぐっすりと眠った。

翌朝、龍人さんは隣で毛布を抱き枕に眠っていて、私は高価であろう羽毛布団でぬくぬくと平和に目覚めることとなった。

こうして私たちの初夜は不発に終わったのだった。


「桜子、お醤油《しょうゆ》取ってー」

フライパンを手に、私は居間の妹に声をかける。桜子がぱたぱたと醤油の小瓶を手にやってくる。

「あれ、お醤油切らしてたっけ。大きいボトルのヤツ」

「うん、少なくなったのは気づいてたんだけど、そろそろ安売りで出るかと思ってじりじり待ってるうちになくなった」

大量の野菜炒めを大皿にどんとのせる。桜子は横で取り皿を用意している。

「もう、お姉ちゃん、安売りなんて何十円か安いだけでしょ。そういうのは買っちゃいなよ」

「本当にそうよね。反省、反省」

「……醤油、買ってくればよかったな」

姉妹の会話に後ろから交ざってくるのは龍人さんだ。本日、駒形家の夕食には龍人さんが参加予定である。ちょうど到着したタイミングだったのだ。

「私は社長の買ってきてくれるスイーツの方が楽しみなんで、醤油とかはお姉ちゃんに任せてほしいな」

桜子が答え、その手に龍人さんが有名洋菓子店の箱をのせる。

「今日はワッフルだ。たくさん食べろ」

「やったあ。お姉ちゃん、小分けになってる。今ひとつもらっていいかな」

「駄目。桜子、お夕飯入らなくなるから」

「そうだぞ、ずるいぞ、桜子」

居間のちゃぶ台で宿題を片づけている桃太からもクレームがきて、桜子はもらったワッフルを渋々冷蔵庫にしまった。

「野菜炒め……」

私の作る夕飯に何か言いたげな龍人さんをちらりと睨む。

「なんですか？　なんでもいいって言ったのは龍人さんですよ」

「食べないとは言ってない」

「安心してください。昨日作ってある手羽元の煮物も出すから。龍人さん、好きでしょ」

「肉なら食う」

龍人さんはお利口さんに居間に戻り、桃太の宿題を覗き込んだ。たまにこうして勉強を見てくれたりするのだ。私が大学生のときも、英語のレポートとか添削してくれたものなあ。

あの初夜失敗から一週間が経つ。

龍人さんは清々《すがすが》しいほど変わらない。私も気をつけていつも通りに接するようにしていても、心の中は結構ざわざわしている。彼には気づかれたくない。

「小梅、社長にお茶くらい出してやったらどうだ」

祖父が言い、龍人さんが代わりに答える。

「すぐに夕食のようなので結構です。光吉さん、昨晩はホームに宿泊だったんでしょう。どうでした？」

「ああ、いい塩梅《あんばい》だったよ」

祖父は昨日、入居予定のホームにお試しのステイだったのだ。

「場所は知ってたけどよぉ。ありゃなんだ、ホテルみたいだな。飯はうまいし、みんな親切で。図書館もあるし、カルチャーサークルもいろいろあるってよ」

「私もお夕飯は一緒に食べさせてもらったの。素敵なホームよねえ。うちから歩いて五分なのも便利だし」

祖母も見学と食事を一緒にしてきたのだ。

「モモとサクラが成人した後は、ばあさんも一緒に住めばいいや。部屋も広いんだから」

「あなた、簡単に言うけれど、こんな東京のど真ん中のホテルみたいなホーム、誰でも入れる場所じゃないんですよ」

「そこはお気になさらずに。ジョーグンが出資しているホームなので、紹介でかなり安くなるんです」

龍人さんは答える。これは半分嘘だ。出資は本当だが、紹介制度はない。龍人さんが全額出すとなると、さすがに祖父も気を使うし、私との裏の契約を知られては困る。

そう、私は龍人さんと交わした跡継ぎ出産契約の全容を家族に言うつもりはない。

少なくとも妊娠が安定期に入るまでは。

そこで、私と龍人さんは今日、ひと芝居打つためにこうして駒形家で夕食をとることになっている。

食卓に夕食のメニューが並ぶ。野菜炒めと手羽元の煮物、お漬物と冷ややっこ。味噌汁とごはん。

「腹減ったぁ」

「食べよう、食べよう」

はしゃぐ桃太と桜子を制し、背筋を伸ばして私は言った。

「待って。ちょっとお話があります」

横をちらっと見ると、龍人さんがこくんと頷いた。それを合図に、私たちは祖父母に向かって頭を下げた。

「龍人さんと付き合っています」

「小梅さんと交際させてもらっています」

祖父母と弟妹が黙った。というか、呆気《あっけ》に取られている。

何しろ、たった今までいつもの私たちだったのだ。私が龍人さんに関わりだし、彼が駒形家に出入りするようになって早数年。一度たりとて私たちはそういった艶っぽい空気を醸したことはない。

「つきましては、同棲《どうせい》の許可をいただきたくお願いします」

龍人さんは真面目な顔。仕事のときとは別なスイッチの入り方をしているように見える。私も一緒になって頭を下げた。

私たちは『交際』していて『同棲』する。これが今日の家族への報告だ。多少芝居になるが、やむを得ない。

私と郡家では跡継ぎ契約が決まっていても、祖父母は違う。私のことを実母から守り、慈しんで育ててくれた祖父母は、私が家のために子どもを産むとなれば『そんな身売りのようなことはするな』と激怒することは必定。そして、こんな大人の事情を多感な時期の弟と妹にはあからさまに教えられない。

だけど、首尾よく妊娠し、お腹が大きくなってくれば内緒にもしていられない。

そこで私たちは決めた。

私と龍人さんは恋に落ちたことにする。さらに同棲し、子どもを妊娠。その後、妊娠後期には破局するも、龍人さんは生まれてくる我が子を認知し、大人になるまでの養育費を保証してくれる……というシナリオだ。

同棲までしなくてもいいんじゃないかと私は主張したんだけど、リアリティを出した方がいいというのが龍人さんの意見。『それに、俺と暮らせば、少しは男慣れするだろ』とのこと。

う～ん、一理ある。でも、本音はお世話係が同居になって便利でラッキーくらいに考えてない？

ともかく、この自然な筋書きなら、子ども目当ての契約がバレることはない。龍人さんが、子どもの養育費だなんだと、契約で決めた我が家の必要経費を支払っても表向きは問題ない。

「社長」

祖父が座椅子から震える声で尋ねる。

「あんた、いいとこの坊ちゃんなのに、いいのか？　小梅で」

「俺の出自は関係ないです。小梅とはもう五年間一緒にいますが、俺のことをよくわかってくれる理解者です。小梅以上の女性はいません」

「い、いつから付き合ってたのぉ？」

桜子がまったく空気を読まずに横入りしてくる。興奮気味の妹をどうどうと押さえ、答える。

「付き合ったのは最近……。ね、龍人さん」

「ああ」

龍人さんが無表情でも、この人がいつも表情豊かでないことはみんな知っている。おそらく多少変な態度を取っても、照れているくらいにしか思われないんじゃないかな。

「社長、もしかしておじいさんのホームのことなんかも小梅ちゃんがきっかけで？」

祖母の言葉にどきりとする私の横で、龍人さんが答える。

「恋人の家族に必要なことはなんでも協力したいと思っています。……それに、近所とはいえ俺は小梅さんと同棲を希望しているので」

「俺ぁ、身体が利かないところも増えてきたからなあ。小梅が家を出やすいようにホームを探してくれたのは当然だろう」

祖父が頷いた。それから、じっと龍人さんの顔を眺める。

「俺やモモやサクラのために、小梅の婚期が遅れて、小梅をこの家に縛りつけるのが心苦しかったんだ。それを、社長さん、あんた本当にありがとうな」

そんなことを思っていたのか。私は家族でいられればいいと思っていたのに、祖父は私が誰かに嫁いで幸せになることを祈っていたのか。

祖母も目頭を拭《ぬぐ》っている。

「小梅ちゃんには子どもの頃から苦労ばかりかけてきたんです。社長がお嫁さんにしてくれるだなんて、本当にすべてが報われたようなものですよ。社長、ありがとうございますね」

「……俺は、姉ちゃんが幸せになるなら、いいよ」

桃太が言い、祖父母が改めて頭を下げた。

「郡社長、小梅をよろしくお願いします」

私はたまらない罪悪感と、祖父母の愛情に胸がいっぱいになってしまった。

本来は結婚を決めて、この家を出るときにこんな会話をすべきだった。それなのに、私は今、家族をだましている。

「あ、あのね、同棲っていっても二日か三日にいっぺんはこっちに来るし、今日みたいに一緒にごはんを作って食べるから」

私は一生懸命に言う。罪悪感と申し訳なさを埋めたくて、言葉が止まらない。

「それに龍人さんのマンションってここからも徒歩圏内だし、何かあったらすぐに駆けつけるよ。今までとあんまり変わらない」

桜子が潤んだ目で私を見つめた。

「お姉ちゃん、うちのことは心配しないで」

「そうだよ、姉ちゃんは今まで俺たちの面倒を見てばっかりだったんだし」

桃太も言う。祖母が涙を拭《ふ》いて笑った。

「幸せになってね、小梅ちゃん」


夕食は味がわからなかった。お土産《みやげ》のワッフルも、よくわからないまま口に詰め込んでしまった。

食卓は私たちの交際と同棲、明るい未来の話題ばかりで、私の気持ちはどんどん塞《ふさ》いでいった。

家族をだましてしまった。自分で決めたのに、思いのほかショックを受けている。

夕食後、龍人さんを駐車場まで送るために一緒に夜道を歩いた。

「そんなに凹《へこ》むな。駒形家のために選択したんだろ」

私の様子を見て察したのか龍人さんがたしなめる。

「そうです。でもこんな形で感激させて、お腹が大きくなった頃に出戻りましたって言ったら、家族の落胆が半端なさそうで」

「そのときは俺が悪者になってやるから、安心しろ」

悪者か……。

さっき、家族の前で小梅さんをくださいと宣言をした龍人さんは役者だった。冷静で不愛想だけど、駒形家を尊重してくれるいつもの龍人さんだった。みんな、私たちの恋を疑いはしないと思う。

だからこそ、龍人さんが悪者になる展開も、うちの家族は喜ばないと思う。

いつか、赤ちゃんが生まれて落ち着いたら、私から家族に本当のことを説明しよう。計画自体を反対されるわけにはいかないから、今はまだ言えない。

「どちらにしろ、生まれる赤ん坊は駒形家の子どもでもある。郡家にとっても、駒形家にとっても、家族が増えるのはいいことだろう」

「それはそうですね。桃太と桜子は、赤ちゃんと接したことないし、きっとたくさん面倒を見てくれると思います」

「悪いことばかりじゃない」

どうやら、私を励まそうとしてくれているようだ。私は背の高い彼を見上げ、言葉に詰まる。優しいところもあるんだよなぁ。

ふ、と龍人さんが笑った。

「それには、俺と小梅が子作りしなきゃならないんだがな」

「ああ、そうですよね。はい、善処します。気持ち的に」

そうだ。まずはそこにたどり着かなければ。子どもができる行為に至らなければ、先のことを話してもしょうがない。

「まずは引っ越しの予定を決めるぞ。一緒に住んで俺に慣れろ」

「ははあ！」

私は大仰に答え、ため息をついた。

私が龍人さんの部屋に引っ越したのはこの日から二週間後。

最初に計画を持ちかけられてから約一ヵ月が経ち、秋が深まる十一月がやってきていた。

4. そわそわ同棲生活

「龍人さん、朝ごはんです！　片づかない！　食べちゃってください！」

土曜の朝、私はまだベッドにいる龍人さんの身体を、ぐいぐい押しながら起こす。

大きな声と揺さぶられる感触で龍人さんが、うむう、と変な呻《うめ》き声をあげる。布団とシーツの間の顔は見えない。

「約束は午前中ですよ。今日、何着ていくかも決めてないんでしょう？　ほら、起きて」

「小梅、うるさいぞ……」

「起こしてるんですからうるさくしますよ」

耳元で言うと、龍人さんは身じろぎし、渋々といった様子で身体を起こした。ぼさぼさ頭に寝ぼけた顔。ふわあ、とあくびをする姿も隙だらけで、せっかくのイケメンがだらしないったらない。

「朝飯は」

「ハムとレタスとキュウリとチーズの挟まったサンドイッチ」

「レタスとキュウリがいらない」

「避けて食べたら許しませんよ」

通告して私は部屋を出る。私だってやることはある。出かける前に洗濯と掃除、メイクもしなければならない。

私と龍人さんが同居して三日が経った。

私がこの家に転がり込んだ形だ。私の荷物なんてたいしてないので、平日の夜に段ボール箱ふたつを龍人さんの車で運んでもらい、それを私室の六畳の洋室に突っ込んで引っ越しは無事終了。

それから、三日。私と龍人さんは初めての土日を迎えていた。

今日は出かけるところがあるのだ。

「おまえ、スーツでなくてもいいだろ」

起きてきた龍人さんが私を見て言う。

私は今日着る服としてスーツを選び、リビングに用意してシャツにアイロンをかけていた。

私服勤務の我が社。普段の私はアンクル丈のパンツにシャツとか、スカートにカットソーなど比較的ラフなオフィスカジュアルを着ている。外出の用事のあるときだけ、ジャケットを羽織ったり、スーツを着たりするようにしている。

営業の男性社員はスーツがほとんどだけど、システム関連のエンジニアたちは男女ともにもっとラフ。仕事が立て込んでいるときはジャージにパーカーなんてこともある。

つまり、私にとって正装はスーツなのだ。

「龍人さんのご両親と龍臣さんご夫妻と会うんですよ！」

今日は私のお披露目……といっても、龍人さんのご実家で挨拶をし、その後お兄さん夫妻とホテルのフレンチで会食の予定である。

「その黒のスーツじゃリクルート感すごいぞ。おまえ、まともなワンピースとか持ってないのか？」

私は腕組みをして威張ってみせる。

「私のワードローブで一番高いのは、七千六百円のコートです！」

「威張るな」

うう、そのコートだって清水の舞台から飛び降りる覚悟で買ったんだぞ。

「おまえに適当な格好をさせていると俺の責任になるな。実家に寄る前に服と靴は見繕ってやる」

「え、いいんですか？　でも、もったいないような」

「跡継ぎを産んでくれる大事な女を冷遇するわけにはいかない。服くらい何着でも買ってやる」

頼もしいことを言ってくれる。考えてみれば、この人は生粋《きっすい》の御曹司。ご家族に会わせる女がボロを着ていたら格好がつかないに違いない。

「あ、普通にしてるつもりですが、これは触れちゃ駄目とか、こういうことは言うな、とかあります？　何せ庶民なもので、会話のグレードがわからなくて」

アイロンを止めて、龍人さんが食事中のダイニングテーブルに歩み寄る。コーヒーメーカーからコーヒーを注ぎ、たっぷりミルクを入れて手渡した。

「そのままの小梅でいい。普段通りに振る舞った方が、後々ラクだぞ。それに、元気で健康という条件を両親は気に入っている。猫をかぶっておとなしく見せなくてもいい」

「それなら、よかったあ」

自然体でいいなら助かる。仕事は器用にこなしている自負があるものの、コミュニケーション分野でそこまで器用さを求められると困ってしまう。猫なんかかぶれないよ。

「小梅」

呼ばれてどきりとする。龍人さんが椅子に座ったまま、私の方に向き直り腕を広げている。

私はおずおずと近づき、その腕の中に収まった。彼は座っている姿勢なので、彼の髪が頬をくすぐる。寝癖がついた髪の毛は柔らかくて、これだけ近づくと龍人さんの香りがする。

「緊張する……」

「慣れるのが目的だぞ」

これは私たちの同棲スタートからの約束だ。日に何度かスキンシップを取る。

提案してきたのは龍人さん。それを私も受け入れた。

初夜は不発どころかまったく進展しなかった。このままでは身ごもるまでどれだけ時間がかかるかわからない。

普通に暮らしていれば、今までと変わらないお世話係とご主人様のままだ。だから、そこにスキンシップというエッセンスを入れてみる試み……。

私だって、不甲斐《ふがい》ない結果のままではいられないもの。

そんなわけで無理やりでもくっつくことにしている。

はあ、いっそ龍人さんが全然知らない人だったら、私も素直に身体を預けられたのかなあ。寝ぼけただらしない姿や洗濯前のパンツなんかを見ている関係のせいか、むしろ恥ずかしすぎてきつい。

「終わり。支度しろ、なんでもいいから外に出られる服を着ろ」

「わかりましたよ」

解放された私はまず食卓を片づけ、洗い物を済ませる。それから出発に向け、残った家事を急いで済ませるのだった。

龍人さんの実家での約束は午前十一時。その前にタクシーで銀座に出て女性向けブランドのセレクトショップに寄った。

なんでこういう店を知っているのだろうなどと野暮なことは聞かない。興味はなくとも、彼だって女性と会う機会は充分にあったはず。私が部下についてからは、そういった姿は見ていないけれど、これだけ見た目もよくお金持ちなら女性は放っておかないでしょう。

適当に、などと注文をつけたら、一着数十万円クラスのワンピースやドレスが出てきた。正式な値段は値札などついていないからわからない。それでもブランド名だけで、一枚五千円のワンピースじゃないことはわかる。バッグは私も知っているブランドの新作が並べられる。百万円でもきかないヤツだ……。

「ほどほどがいいです、ほどほどが」

私は必死に龍人さんに縋《すが》りつくが、相手が悪い。彼はほどほどなんて知らないのだ。

「後継者の母親となれば、それなりの装いが必要な場面も出てくる。シーズンに一着か二着はいいものを揃えろ」

「分相応でいいんですよ、私は～」

「俺の女なら」

その言葉にびくんと肩を揺らしてしまう。龍人さんが私を見下ろして、にっと笑った。

「綺麗にしていろ。俺を喜ばせるために」

王様みたいな言い方。偉そうに！

だけど、そういった言葉が見事にハマるんだから、すごい人だ。私は腹立ちまぎれに龍人さんの背中をばしんと叩いた。

「軽口やめてください」

「わかった、わかった。俺が選ぶから黙っておけよ」

私は龍人さんの選んだ上品なアンティークピンクのワンピースとクラシカルな革のパンプス、定番のブランドバッグを身にまとい、セレクトショップを出ることになった。

服に着られている感じがする……。

なお、他にも何点か見繕っていたものは、マンションに配送と決まっていた。何をどれだけ買ったのか、いくら使ったのか。お財布すら見なかった私には、とんとわからないことだった。

北品川の住宅地に到着した。このあたりにしてはかなり広い敷地を有した邸宅が郡家だ。

「まずは、親父とお袋に会うぞ」

使用人もいそうな邸宅なのに、出迎えはない。むしろ、ひっそりと龍人さんは私を離れへ案内した。庭園の竹林の奥に離れがあり、茶室が設《しつら》えられている。そこで龍人さんのご両親が待っていた。

「初めまして、駒形小梅です！」

私は明るく挨拶をし、頭を下げた。

「小梅さん、今日は来てくれてありがとう」

「呼び立ててしまってすまないね」

龍人さんのご両親は穏やかそうな人たちだ。優しげで、口調も柔らかい。

「迷惑をかけてしまって申し訳ない」

ジョーグンの現トップにいきなり頭を下げられ、私は慌てた。龍人さんのお母さんは和服姿で、龍人さんによく似ている。そんな上品な美人も深々と頭を下げる。

「こんな無茶なこと、あなたの人生に関わるお願いをしてしまってごめんなさいね」

「いえ！　私は学生時代に龍人さんに拾ってもらった恩がありますので！　うちの実家、あまり裕福ではなくて……。祖父と祖母は大病の後ですし、弟と妹はこれから進学です。龍人さんと郡家の皆さんのご厚情は本当にありがたいので……」

元気に、というより焦ってしどろもどろになってしまう。すると、龍人さんが言った。

「小梅は自慢の部下だ。安心してくれていい。頭の回転が速くて、機転が利く」

私はその言葉に真っ赤になってしまった。うわあ、どうしよう。嬉しいかもしれない。

ご両親のために盛って話しているんだろう。でも、こんなふうに褒められるとすごく嬉しい。私は仕事の面では龍人さんを百パーセント尊敬している。そんな人に信頼を示されたら、喜んじゃうよ。

「おまえ、顔、赤……」

龍人さんが馬鹿にしたようにふっと笑うので、思わずぽこんと腕に拳を当ててしまった。

「龍人さんが恥ずかしいこと言うからでしょう」

私たちの様子は、ご両親にはほほ笑ましいじゃれ合いに見えたようだ。

くすくす笑うお母さんに、私はなお真っ赤になってしまった。

「小梅さんやご家族にとって一番いい方法を、私たちも一緒に考えていくから。どうか、よろしく頼みますね」

お父さんに言われ、私は頷いた。

「健康だけが取り柄です。元気な赤ちゃんを産めるよう頑張ります！」

その後、私たちは龍人さんの曽祖父母、祖父母に挨拶をした。ご夫妻はそれぞれ居住スペースが違う。彼らにはこの計画はまだ秘密なので、今日は龍人さんの恋人という形で挨拶をすることにしていた。

龍人さんのご両親いわく、『龍人の結婚の可能性が出てくれば、龍臣夫妻への圧力が減るだろう』とのこと。

おじい様方、どんなモンスターが出てくるのだろうと挨拶に行ってみれば、どちらのご夫妻も優しそうで、龍人さんに恋人ができたことを喜んでいた。

特に曽祖父様は、皺だらけの小さなご老人で好々爺《こうこうや》といった雰囲気。『龍人を頼みますね』と優しい声音で言われ、この人が龍人さんの言うストレスの原因？とわからなくなってしまった。

郡家を出て、ホッと胸を撫で下ろす私に龍人さんが言った。

「油断するなよ」

「え？　何がですか？」

「おまえの身辺はじいさんたちにざっと調べられる。しばらくは調査会社の人間が尾行につくかもしれない。ないとは思うが妙な行動は取らない方がいい」

「はあ!?」

思わぬことを言われて驚いた。調査会社？　探偵に尾行されるってこと？

「あの優しそうなおじいさんたちが？　そんな馬鹿な、ですよ」

「馬鹿はおまえだ。曽《ひい》じいさんは父親から継いだ小さな日用雑貨店を今のジョーグンにした男だぞ。じいさんはそのジョーグンを一部上場企業にのし上げた。ぐってきた修羅場と年季が違う。そうでなければ、兄貴に愛人を持てなんて言わないだろ」

全然そんなふうに見えなかった。本性は隠しているのかな……。

そこでハッと重要なことを思い出した。

「龍人さん、私、素行不良の母がいまして！　言い忘れていて恐縮なんですけど、子ども三人産みっぱなしで捨てていっちゃうような女で……！」

こんなマイナス要因を伝え忘れていたなんて失敗だ。形だけでも縁続きになる親族に、妙な人間がいては困るに違いない。

すると、龍人さんはけろっと答える。

「ああ、おまえたちの母親なら、今は関西の旅館で住み込みの仲居をやっているぞ。恋人はいるようだが、子どもはいない。真っ当に働いているから安心しろ。小梅の父親は、北海道で友人の農家を手伝っているそうだな」

私も知らないことがすらすらと出てくる。呆気に取られる私を、龍人さんがきまり悪そうに見た。

「勝手に調べたことは悪かった。じいさんたちに何を言われても対抗できなければならないと思ってな」

「いえ、龍人さんが調べるのは当然です」

私はふう、と息をついた。父からはたまに手紙やメールをもらうから、どこにいるかは知っていた。ついでに駒形家から勘当された母の行方もわかってしまった。

ちょっとホッとしている。あのちゃらんぽらんな母が、働いて自立して暮らしているということに。もう会うことはない存在なのに。

「なんか、かえってよかったですよ。母親が悪さしてないって知れて」

「そんなに問題人物だったのか、小梅の中では」

「いい思い出はないですね～」

強がって笑ったつもりはないけれど、龍人さんが私の頭を撫でてくれた。

あれ、寂しそうに見えちゃったかな。

日比谷《ひびや》の老舗《しにせ》ホテルのフレンチが、龍臣さん夫妻との待ち合わせの場所だった。

龍臣さんは常郡パスシステムに顔を出すことが稀《まれ》にあるし、私もご挨拶したことがある。奥様は初めてお会いする。確かふたりとも龍人さんより三つ年上の三十五歳だったはず。

「今回協力してくれる駒形小梅です」

龍人さんが紹介してくれ、私は頭を下げた。

「龍臣さん、ご無沙汰しています。奥様、初めまして。駒形小梅と申します」

「駒形さん、このたびはありがとう。きみには苦労をかけます」

龍臣さんは龍人さんによく似ている。しかし、面差しも雰囲気もずっと優しい。ご両親の穏やかな雰囲気とそっくりだ。

そう考えると、龍人さんは家族の中でも苛烈な人なのだろうなと思ってしまう。それとも、郡家はみんな表向きは穏やかで内側は激しかったりするのかしら。

「初めまして、怜子《れいこ》といいます。小梅さん、本当にありがとうございます」

龍臣さんの奥様の怜子さんは楚々《そそ》とした美人だった。センターパートでミディアムレングスの髪の毛は、落ち着いたダークブラウン。鼻が高く、薄い唇が女性的な美しさだ。

「いえ、私でお役に立てるのでしたら喜んで」

私はハキハキと答える。元気で明るく。そう心がけて。

「食事をしながらいろいろと話そう」

龍臣さんが言った。

遅めのランチコースはなごやかに進んだ。赤ちゃんについての決め事だけでなく、世間話みたいな日常の話もよく出る。兄弟同士はもちろん、奥様の怜子さんも穏やかながら口数は少なくない。

食事もメインが済み、コーヒーとマカロンが運ばれてきた。正式なデザートを待ちながら、ふたりがしきりに龍人さんの会社での様子を聞きたがるので、私も調子にのっていろいろと話した。

「社員はみんな龍人さんのことが大好きですが、龍人さんが不機嫌だって知ると全員定時で帰ります。とばっちりを食らいたくないので」

私が話すことに、ご夫妻は楽しそうに笑い声をあげた。龍人さんが苦虫をかみ潰したような顔をする。

「小梅、おまえ後で覚えてろよ」

「駒形さん、龍人の言うことは気にしないで、どんどん教えてよ」

「龍人くん、私たちの前だと大人ぶってるものね、昔から」

「俺は充分、大人ですよ」

龍人さんが怜子さんに言い返せば、彼女はくすくすと楽しそうに笑う。あ、なんかいい空気だな。

「小梅さんは龍人くんのお世話をお仕事でしていたんでしょう」

「あはは、実家は私が稼ぎ頭なので。会社公認のアルバイトで助かってました」

「なんでもできるって龍人くんが褒めていたわ」

怜子さんに言われて、私はちらっと龍人さんを横目で見る。

本当にそんな褒め方していたのかなあ。龍人さんは眉間に皺を寄せている。

「こんなことまで頼んでしまって……」

怜子さんが呟いた。見る間に長い睫毛《まつげ》が伏せられ、頬に影が落ちる。

「郡家の嫁の私が頑張らなければならないことなのに」

「それは違うだろ」

龍臣さんより先に龍人さんが言う。

「怜子さんは何も悪くない。悪いのはうるさいうちのじいさんたちだ」

「龍人、ありがとうな。怜子、俺にも原因があっただろう。自分を責めないでくれ」

龍臣さんが怜子さんの手をぎゅっと握るのが見えた。怜子さんははらはらと涙を流し、私に頭を下げる。

「小梅さんに私の負担を押しつけてしまって申し訳ないです。でも、本当に感謝しています。あなたのおかげで郡家は……」

「どうか、頭を上げてください。私も……こんな機会がなければ自分の子どもを持つことまで考えがいきませんでした。日々に必死すぎて……」

私は精一杯言葉を尽くす。

「私の家族は、赤ちゃんの誕生をきっと喜びます。郡家の後継者に相応しい人間になるよう、愛情を持って育てますので、どうか見守っていてください」

怜子さんは頷き、涙をハンカチで拭って弱々しく笑った。

彼女だって、自分の赤ちゃんが欲しかったに違いない。授からない可能性が高いと言われ、女性としてどれほど傷ついただろう。そこに外野が、彼女の傷をえぐる言葉をたくさん投げつけた。そんなひどいことがあっていいはずがない。

「元気な赤ちゃんを産みます。待っていてください！」

「ありがとう、小梅さん。心強いわ」

この女性のためにも、私は赤ちゃんを産もう。彼女の心を守るために、頑張ろう。

龍臣さんと怜子さんと別れ、私たちは帰途についた。時刻は夕刻だ。少し中途半端な時間になってしまった。夕食は少し遅めに軽くした方がいいかもしれない。

腹ごしらえも兼ねて、日比谷公園を抜けて歩くことにした。途中でタクシーを拾おう。

「今日一日で、郡家の事情をちょこっと知れた気がします」

「言った通りだろう。みんなそれなりに切羽詰まって困っている。うちの親と兄夫妻はおまえに感謝しかないぞ」

「改めて、責任重大だなって思いました」

ふと見上げる龍人さんの顔。

龍人さん、怜子さんのことをかなり気遣っていたな。

「怜子さんと龍人さんたちご兄弟って、古くからの知り合いなんですか?」

「ああ、幼馴染《おさななじ》みってヤツだ。兄貴と怜子さんの婚約が決まったのは成人してからだけど、子どもの頃からふたりはお互いにはお互いしかいないって感じだったな」

「初恋同士なんですねえ」

なんとなく思う。怜子さんの心を救ってあげたいのは親御さんの気持ちじゃなくて、龍人さんの意思でもあるんじゃなかろうか。

幼馴染みでお兄さんのお嫁さん。大事に思っても不思議ではない。

「小梅」

「はい、なんですか」

「手を貸せ」

素直に右手を差し出すと、ぎゅっと握られた。

「これは？」

苦笑いして見上げると、龍人さんはしれっとした態度。

「手を繋いで歩く。おまえ、経験ないだろ」

ない。確かにない。手を繋いで歩いたのなんて、桃太と桜子が小さかったとき以来だ。

「こういったことで慣れますかね」

「おまえ次第だ」

龍人さんが面倒くさそうに答えた。契約書を盾に、無理やり事に及ぶこともできるだろうに、龍人さんは紳士的に私の気持ちが整うのを待ってくれている。

龍人さんがいい人だなんて、ずっとずっと知っている。でも、改めてそういう気遣いをありがたく思った。

私は精一杯の気持ちを込めて、龍人さんの手を握り返した。

「痛いぞ」

「すみません。慣れない高さのヒールで、足が疲れてきちゃって。掴まらせてください」

「背負おうか」

「それは遠慮します」

私たちは国会議事堂近くで流しのタクシーを拾うまで、そうして手を繋いで歩いた。


郡家挨拶回りの翌週のことだ。常郡パスシステムのオフィス、社長ブースで那賀川さんが厳しい表情を見せている。

「龍人、いい加減今回は無視できないよ」

「わかってるって言ってる」

デイリー業務の決裁で社長デスクに近づいた私と秋村は、込み入った話の気配を察し、数歩下がった。しかし、タイミングが悪かった。那賀川さんが顔を上げ、私に加勢を求める。

「駒形からも言ってやってくれ」

「な、なんですか」

那賀川さんが指差す先には龍人さんのＰＣの液晶。私と秋村はそろりと覗き込んだ。メールの画面が開かれている。件名は【お約束につきまして】。

差出人は女性名だ。

【郡龍人様】

龍人さんの名前から始まるメールの文面は、誰がどう見てもラブレターだった。

「【お見合いから半年、龍人様のことを片時も忘れることはありません】だそうですよ。ふふっ、ふふふふふ」

「【龍人様の優しげな面差し、温かなお言葉を思い出し、日々の支えとしています】……ってこれ、本当に社長の話、してますか？　優しげ？　え？」

秋村が軽く失礼なことを言い、私の笑い声も気に食わなかった様子の龍人さんは、眉間の皺をますます深くした。

那賀川さんが苦笑いしている。

「快斉《かいさい》運輸の社長令嬢なんだよ。半年前のお見合い後に、駒形がお断りのメールをしてくれただろう」

そういえば……って、何度も同じことをしているから、正直どのご令嬢かも覚えていない。

「しつこい。断ったのに、何度も何度もメールしてくる。小梅の断り方が甘かったんじゃないのか？」

「人に面倒な役割を押しつけといて、なんつう言い草ですか。夕飯、野菜サラダオンリーにしますよ」

負けじと言い返す横で、秋村がメールの文面にため息をつく。

「【観劇はお好きですか？　美術館などには行かれますか？　東京湾クルーズを親しい人間だけで企画しています。ぜひご招待したいと思っています。龍人様とお出かけできる日を夢見ております。お忙しいかとは思いますが、どうかお時間を作っていただけたらと思います】だそうですよ。文面からもこの令嬢さん、お見合い断られたとは思ってないんじゃないですか？」

私はしっかり断りのメールを打った。優しい言葉だけれど、『今は多忙で、お付き合いしてもあなたを退屈させてしまう』『あなたに相応しい男性は他にいます』などなど。そして他のお見合い相手さんはこの言葉で充分察して諦めてくれた。

「う～ん、そういう言葉を察するのが苦手なタイプなのかな。それともわかっていても、諦めきれないからぐいぐい押してきてるのかもね。この半年、何通もお誘いメール来てるし」

「面倒くせえ」

那賀川さんの言葉に、龍人さんが小声でぼそりと言う。まあ、面倒くさいですわな。

「でもな、龍人、お相手の快斉運輸はうちの大事な業務委託先。あまり無下にもできないのはわかるだろう」

オムニチャネルシステムには、物流サービスはとても大事なファクターだ。ユーザーがあらゆる媒体でショッピングを楽しめるシステムは構築できても、その商品を届ける物流システムがしっかりしていないと成立しない。

快斉運輸以外に何社も契約はしているとはいえ、関係がこじれるようなことがあれば業務に障りが出るかもしれない。

「一度お食事にでも付き合って、その場ではっきりと断るのが筋じゃないか？　このまま無視し続けてもいいことないぞ」

「無視され続けてもこのテンションのメールですからね。結構、粘着気質なお嬢様かもしれないっすよ。社長、トラブルになる前に会った方がいいんじゃないですか？」

那賀川さんと秋村に言われ、不機嫌丸出しの龍人さん。子どもですか、その態度。

「お世話係としても同感で～す」

私はふたりの意見に追従する。ちょっとだけ、いい気味だと思っていた。面倒事を私に押しつけまくっていたバチが当たったに違いない。

「いつまでも期待を持たせておくのはかわいそうです。必要なら、私がアポ取りますから、ちゃちゃっと会ってお断りしてくればいいですよ」

私なら龍人さんのスケジュールは把握しているし、面倒なメール返信も請け負える。観念してほしい。

「小梅が同行するなら行く」

龍人さんが低い声でとんでもないことを言いだした。

何を言ってるの。私はイラッとしつつ、笑顔。

「私はママじゃないんですよ。というか、ママだって息子のデートについていきません」

那賀川さんと秋村が吹き出し、その後笑いをこらえている。

「別に飯の現場にいろとは言っていない。その間、近くで待っていろ」

「は～？　面倒くさいこと言いますね～！」

遠慮のない私の言葉に、那賀川さんがまあまあとなだめるように言う。

「駒形、この際だから言うこと聞いてやってくれ。俺としては、快斉運輸とトラブルになる方が困る」

秋村もニヤニヤと笑いながら言い添える。

「いいホテルのフレンチか懐石でも予約しろよ。その間、ホテルのラウンジで高いスイーツでもサンドイッチでも食べてりゃいいじゃん」

他人事だと思って楽しそうに。はーとため息をついて私は答えた。

「わかりましたよ。今週でセッティングしちゃいますからね！」

面倒事は早く済ますに限る。


言葉の通り、私はその週の木曜、龍人さんと快斉運輸の令嬢のディナーをセッティングした。

六本木《ろっぽんぎ》にある外資系ハイクラスホテルの創作フレンチの店が、ふたりのディナーの場所だ。私はディナーの間、一階のラウンジでゆったりしていよう。

飲酒もあるだろうとタクシーで訪れたホテル。私たちはタクシー乗り場で別れた。何しろ、どこでそのご令嬢と会うかわからないものね。

別々にエントランスに入り、私はラウンジへ。ラウンジはオープンスペースなので、少し角度を取れば、ロビーのカウンター周辺が見えた。

エレベーターの到着を待つ龍人さんが見える。びしっとスーツで決めたお仕事モードの龍人さんは本当に格好いい。背が高くてがっしりしていて、顔立ちは男らしいのに美しい。

神様って不公平だなあ。ふとそんなことを思う。

彼はいろんなものを持っている。お金、美しい容姿、上に立つ能力と魅力……。同じように私にもあれば、とは思わない。それらの才能を活《い》かせる気もないし。

だけど、ちょっとだけ羨ましい。

あ、と思った。龍人さんに駆け寄る女性の姿が見えた。年の頃は二十代後半だろうか。髪の毛は薄い茶色に染めていて、横顔からも濃いめのメイクがわかる。痩せた身体を包むのはおそらく、数十万円クラスのティアードワンピース。

はしゃいだ様子で龍人さんの腕に馴れ馴れしく手をかける。おお、積極的。

無視されても誘い続けるメンタル強者だとは思っていたけれど、お見合いから二度目のデートでスキンシップ取ってくる？

龍人さんはこういう女性、嫌いだろうな～。そんな意地悪な気持ちでニヤニヤしてしまった。

ん？　待って、なんで私がニヤついてるの。

ともかく、あとは若いふたりに任せておこう。エレベーターに消えるふたりを尻目にメニューを広げる。

私は私で、夕食の代わりにここでサンドイッチでも食べよう。

するとウエイターの男性が声をかけてきた。

「お客様、本日のお食事は承っております」

「え？」

龍人さんたちの創作フレンチは予約したが、ラウンジには何も声をかけていない。座る席がないほど混んでいるとは思えないし、予約もしなかった。せいぜい一流ホテルに相応しいように、ビジネス用のテーパードパンツと龍人さんからもらったシルクのブラウスを着てきたくらい。

テーブルに運んでこられたのはひとり用のアフタヌーンティーセットだ。

おお、あの三段のトレー！　実際に見るのは初めて！

「お連れ様からです」

手渡されたメッセージカードには【好きなだけ食べろ】と彼らしい素っ気ない言葉。

あらあら、こんな気を回してくれる人だったのね。連れ出したお詫びのつもりなのかな。

きっとアフタヌーンティーって数人でお喋《しゃべ》りしながら楽しむものだと思う。私はひとりで食べていても恥ずかしくはないので、楽しく食べちゃいますけどね。

小さなサンドイッチを口に頬張り、んー、と声にならない幸せをかみしめる。ハムの塩気とよくわからないスパイスの加減が絶妙。美味しいな〜。

スマホが振動しているので、メッセージアプリを開く。桜子からだ。

【社長から届いたよ！】

写真には私と同じアフタヌーンティーのメニューが人数分並んでいる。駒形家にも手配してくれただなんて、本当にそういうところは優しいんだから。

なんだか嬉しくなって、私は並んだ小さなスイーツたちをパクパクと平らげていった。

小一時間も経っただろうか。私はたっぷりのスイーツと軽食をひとりでほぼ平らげ、お腹いっぱいになっていた。

アフタヌーンティーって見た目の可愛らしさに反して、結構ボリュームあるなあ。

紅茶のお替わりをもらい、ふう、と息をついたところでスマホが振動する。

見れば、龍人さんからメッセージが入っている。

【今から店内に来い】

ん？　ディナーはもうおしまい？

案外、食事もそこそこにずばっとお断りの言葉を投げつけたのかも。配慮というか容赦がないからな、あの人。身内にはそこそこ優しいのだし、その気遣いをお見合い相手にもしてほしいものだ。それにしたって、私が顔を出す必要はあるのだろうか。

上司命令なので仕方なくウエイターに声をかけ、ラウンジを後にした。エレベーターで、三階にある創作フレンチの店へ向かう。予約者名を告げ、名刺を差し出し、部下であると説明。個室へ案内された。

「失礼します」

テーブルに着いた龍人さんとご令嬢。龍人さんは平然とメインを食べている。一方、ご令嬢は険しい表情。膝の上で拳を握っている。

この場に流れる空気の険悪さときたら。一触即発のムードに私はたじろいだ。

ああ、もうどういう状況よ。なんのために呼んだのよ、龍人さん。

「この女性は誰ですか？　龍人様」

ご令嬢がきつい表情のまま、視線を私に移し、睨む。濃いメイクでつり目なので、睨まれるととても怖い。

「俺の部下です。そして、俺の子を産んでくれる女です」

何を言いだしたのか、この男！

私は勢いよく首をねじり、龍人さんを見つめる。

「それは……どういうことですか？」

「誰とも交際しないし、結婚する気はないという点をあなたがご理解くださらないので」

龍人さんは冷静に言う。

「あなたの望む結婚を前提とした交際はできません。ですが、俺にも跡取りは必要でしてね。この部下に頼んで産んでもらう予定なんですよ」

ぎりっと私を睨みつけてから、龍人さんに視線を移すご令嬢。冷笑する龍人さんは、本当にタチが悪い。このお嬢様を退けるため、わざと冷血漢を気取っているのだろう。私まで呼び出してダシにして。最初からこのために私はここに待機させられていたに違いない。

「俺に必要なのは金で動いてくれる人間だけです。情で繋がる気はないんですよ。そんなものは気味が悪い」

その言葉に、なぜかぎゅうっと胸が痛くなった。

私も龍人さんにとっては『金で動く人間』のひとり。わかっている。だから、彼に必要とされた。

「お父上との取引は今後も継続させていただきます。ですが、こういったお誘いはご容赦ください」

そう言って立ち上がろうとする龍人さん。しかし、その前にご令嬢が立ち上がった。テーブルクロスを掴んだかと思うと勢いよく引っ張る。

一芸でよくありそうなテーブルクロス引き……といくはずもなく、テーブルの上のご馳走《ちそう》たちが音をたてて落ち、絨毯《じゅうたん》をべしょべしょに汚した。ワイングラスや皿が割れ、カトラリーが散乱する。

「あなたのように下品で失礼な男性は初めてです！」

彼女は鋭く怒鳴り、ハンドバッグを片手に大股で部屋を出ていった。ワンピースにもジャケットにもワインの染みができていた。

あーあ、もったいない。ドレスもご馳走も。

「よかったんですか。快斉運輸、うちから手を引くかもしれませんよ」

私は呆然《ぼうぜん》と修羅の巷《ちまた》を眺めた。

「うちの仕事がなくなったら困るのは向こうだ。社長も馬鹿じゃないから、娘のヒステリーには付き合わんだろう」

龍人さんは意にも介さず、嘆息して髪をかき上げる。騒乱の場となった室内を一瞥《いちべつ》して言った。

「帰るぞ」

なんだろう、この胸の不快感は。

店側にはクリーニング代や食器代の弁償をすることを約束し、名刺を置いて帰途につく。ジョーグン本社の名前の入った龍人さんの名刺を渡したから、信頼には足ると思う。


帰りのタクシーの中、龍人さんはむっつりと黙り、私もほとんど喋らなかった。龍人さんが面倒くさがってろくに会話もしないのはいつものこと。だけど、私がずっと黙っているのは珍しい。龍人さんは私の様子を気にしているようだった。

「小梅」

マンションに帰り着き、エントランスを通る。呼びかけられたけれど振り向かずに答える。

「なんですか」

「おまえ……飯は食ったのか？」

「……龍人さんが用意してくださったじゃないですか。駒形家にもお気遣いありがとうございます」

本当はもっと真心を込めてお礼を言うべきシーンなのに、うまく顔が見られない。

ああ、帰る家が一緒って嫌だ。こういうときに、避けることができない。

最上階にエレベーターが到着し、私たちは玄関に入る。

早く自分の部屋に入ってしまおう。

「小梅、何か飲むか」

龍人さんがなおも話しかけてくる。

「いりません。お茶、淹れましょうか」

「……自分でやる。つうか食い足りない」

メインの真っ最中に食事をぶちまけられたものなあ。私はぶすっとしたまま、冷蔵庫を覗く。

「お茶漬けかトーストなら、すぐにできますよ」

「それも自分でやる」

できないくせに。……いや、できるのか。普段はあえてしないだけで。

それにしても、なんで絡んでこようとするのだろう。今日は放っておいてほしいのに。胸がずっともやもやしている。

「小梅、おまえ、何を怒ってるんだ」

とうとう龍人さんが尋ねた。私は首を巡らし、彼を見据える。そして黙った。

「小梅、なんとか言え」

「なんとかと言われましてもですねえ」

私だって整理がついていないのだ。でもあれもこれも気に食わない。

もういいや、端から全部言ってしまおう。

「まずは、ああいうふうに嫌な男アピールに利用されるのがイラッときました!」

龍人さんに向き直り、仁王立ちのスタイルで言う。

「私なんかを引っ張り出さなくても、おひとりでお付き合いを断れるでしょう? それをなんですか。社長の言うことはなんでも聞く、心をなくした部下みたいな紹介の仕方! 人権無視ですよ!」

龍人さんは呆気に取られている。いきなりキレ散らかしだした私に返す言葉がないようだ。

「あとですね、『金で動かせる女』扱いが、カチンときたっていうか……。まあ、実際そうなんですけどね。でも、龍人さんの中で、私ってやっぱりその程度の存在なんだなあって……」

言いながら悔しくて泣きそうな気分になる。なんでこんなに激情に駆られているのかわからない。

龍人さんが傲慢なのも、割り切りがうまいのも知っている。上司としては強引なところも、無茶をするところも笑って見ていられたじゃない。それが曲がりなりにもパートナーになった瞬間、苛々するなんて。

「わからん」

龍人さんが呟いた。それから、歩み寄り、私の身体を抱き寄せてきた。私はじたばたともがき、腕の中から脱出しようと試みる。

「ちょ、離してくださいよ！　私怒ってるんですから！」

「その怒ってる理由がわからない」

龍人さんの声が身体に直接響く。

「おまえは金目当てで俺を利用していい。俺もおまえを利用してる。それが俺たちだろ」

「ええ、そうですよ。でも、それをあんなお嬢さんに言わなくてもいいじゃないですか！」

不意に龍人さんのあのときの言葉がよぎる。

『情で繋がる気はない』

そうか、私はたぶんそこが一番引っかかっている。情で繋がる気がないなら、こんなふうに大事に扱わないでよ。さっさと抱いて、子ども作って終わりにしてよ。

今だって、機嫌を取るみたいな態度を見せて。

龍人さんは矛盾している。

「小梅がぴいぴいうるさいのはいつもだが、俺の態度にムカついたんだな」

ひとつ嘆息して、龍人さんは私の背をよしよしと撫で始めた。まるで子どもをあやすような態度に、余計馬鹿にされている気分になる。

「離してくださいよ！　今日のスキンシップはもう終わり！」

「あのお嬢さんに言ったことは断り文句だ。わかってるだろ。小梅には該当しない」

龍人さんの唇が耳に触れる。どきんと心臓が跳ねた。

「跡継ぎや金で繋がっている俺たちだけど、根っこには信頼がある。それがなきゃ、頼まない。小梅だから頼んだ。それは理解しろ」

偉そうな口調。それでも、龍人さんが精一杯、私に気持ちを伝えようとしてくれている。

本当に、私みたいなお人好しじゃなかったらここで降りてましたからね、契約。

私は拳でどんと彼の胸を叩き、落ち着いたところを見せるように低い声で言った。

「わかりましたので、もう離れてください。まだ慣れないんですから」

「離してやるが、シャワーを浴びてこい。今夜は一緒に寝るぞ」

「はあ!?」

思わぬ誘いに頓狂《とんきょう》な声をあげてしまった。

「何もしない。添い寝だけだ。少しずつでも進展させていかないと、子作りまで至らない」

「何も、今夜じゃなくてもいいじゃないですか！」

「小梅がふてくされてるから今夜だ」

龍人さんがそう言って、にっと笑った。

「俺が寝ている間に出ていかないように、捕まえておかないと」

「意味わかんないです」

私はぷんぷん怒ったまま、くるんと龍人さんに背を向ける。冷凍庫からごはんを取り出して尋ねた。

「お茶漬けでいいですか？」

「おう、助かる」

よくわからないけれど、龍人さんは私を特別扱いしようとしている。機嫌が悪ければ機嫌を取ろうとしてくるし、必要なら甘やかそうとしてくる。

それは円滑に身体を重ねるための下地作りなのだろう。それなのに、私はどうにもふわふわしてしまう。

その晩、私たちは一緒に眠った。並んで静かに。初夜失敗の日以来だった。

朝、毛布の代わりに抱き枕にされていたことだけが想定外だった。目覚めたら腕の中で、死ぬほど驚いたことは言うまでもない。

5．やり直し初夜

同棲開始から二週間が経過した。私と龍人さんは、同棲前とほぼ変わらない日々を過ごしている。

いや、正確には少しだけ進展があった。強制的にスキンシップを取るようにしている点と、それに伴い夜は龍人さんのベッドで一緒に眠るようになったことだ。といっても龍人さんが『もう少しやる気を見せろ』としかめっ面で言うので、仕方なくである。

そうよね、処女の私の男性慣れのためだものね。

しかし、強制的にハグをしたり、手を繋いでみたり、一緒に眠ってみたりしても、私の龍人さんへの気持ちはまったく変わっていない。龍人さんは私にとって、親戚《しんせき》のお兄ちゃんみたいな存在で、強いて言うならくっついて眠ると温かくて気持ちがいいと知ったくらい。これで進展とは言えないような気もする。

お互いに好意を持って夢中になる必要はない。最低限身体を繋げるくらいまで慣れ親しめればいいのかもしれない。

でも、それってどのくらいの親密度が必要なの？

そんなことを考えているある日の朝食時、龍人さんがおもむろに言った。

「小梅、排卵日はまだ調べてるのか」

私は持ち上げた目玉焼きの半分を取り落とした。目玉焼きは無惨にも皿に落下する。

「気にしていてくれたんですねえ」

「排卵日に一発で授かりたいって言ったからだろう」

龍人さんは二杯目のごはんを、明太子とキュウリのぬか漬けでもぐもぐ食べている。あっさり言われると、本当に仕事のやりとりみたい。でも、中身は結構すごいことを言っている。イッパツとか。

「ええと、なんと言いますか、月のものが遅れたんですよ。引っ越しとか環境の変化もあると思うんですけど」

「基礎体温っていうヤツを記録していれば、どのみちわかるんじゃないのか？」

私はため息をついて説明する。そんなに簡単な話でもないのだ。

「ホルモンが乱れれば、はっきりとした数字で出ないことも多いみたいなんです。実際、朝の体温は一定じゃないですし。なので基礎体温だけじゃ、排卵日は掴めないです」

じとーっとした視線にびくっと顔を上げる。

「言っておきますが、逃げ口上じゃないですよ！　本当ですから！　体温の記録表見せましょうか？」

「……別にそこまで求めてない」

龍人さんは残った味噌汁を飲み干し、お椀をテーブルに置いた。

「よし、それなら今夜だな」

「ふあ!?」

変な声が出てしまった。

今夜？　え？　今夜って何？

「どっちみち、一回でばっちり妊娠とはいかないと、小梅もわかってるだろ。ちょっと押し倒されただけで子ウサギみたいにぶるぶる震えておいて」

「ちょ、そんなにビビってないです！」

「ビビってるから事が進んでないんだろうが。今夜するぞ。おまえが不安なら途中でやめてやる。ともかく、毎日健全に並んで寝てばっかりじゃ子どもはできないからな」

龍人さんなりに焦《じ》れた気持ちもあるのかもしれない。そうだよなあ。スキンシップも添い寝も、私がきょとんとしているだけだったら距離を縮めている実感もないだろうしなあ。

だけど、私自身は龍人さんに触れられること自体は以前より慣れてきている。そんな自負がある。

「わかりました。……たぶん、最初のときよりは頑張れそうな気がします！」

「おう、明日は土曜で休みだし。今夜は何時までかかってもいいから試すぞ」

若干、気合いの入り方が怖い龍人さん。私は「押忍《おす》」と体育会系の後輩みたいな返事をして、朝ごはんの片づけに入った。

心臓が痛い。

龍人さんに宣言されてから、私はまた身の入らない一日を過ごすことになっていた。

朝からシステム関係のメンバーとミーティングがあり、まとめたデータを報告しなければならないのに資料が見つからない。ようやく見つけたデータがバグって共有できない。報告はつっかかってたびたびストップしてしまう。

「駒形、疲れてるんじゃないか？」

「社長にこき使われてるもんなあ」

私たちの同棲を知らない社員のみんなは、調子の出ない私を純粋に心配してくれている。

違うんです！　私が勝手に緊張して、勝手にパニック起こしてるだけなんです！

ああ、もういい加減覚悟を決めて、私。

こんなに弱虫じゃなかった。だいたいのことはなんでもチャレンジして達成してきた。頭がよかったり才能があるわけじゃない私は、持ち前の器用さと粘り強さで生き残ってきた。

だから、自分で決めたこの契約を、自分の気持ちのせいで達成できていないことが歯がゆい。こんなことなら、もうちょっと恋愛にも興味を持ってくればよかった。ひとりかふたりくらい経験人数がいれば手こずらずに済んだはずなのに。

「駒形、駒形」

横から呼ばれ、顔を上げる。秋村が私の顔を覗き込んでいた。

「駒形、お茶こぼれてんぞ」

「え。うわああ！」

マイボトルを絶妙に傾けたまま考え事をしていたようで、私の膝には水たまりができていた。

「給湯室にタオルあるだろ。それで拭けよ」

「そうする」

「お茶、おごってやろうか」

「ミルクティー濃いめでお願いします。あ、そこのカフェのテイクアウトのヤツね」

「調子のんな」


でも秋村は昼食の買い物ついでにミルクティーを買ってきてくれた。

「ぼうっとしてるの、社長とのことか？」

「うん、まあね」

隣のデスクで、本日はキッチンワゴンで購入したと思われるタコライス弁当を食べている秋村。美味しそうだな。

でも、今日は実際に食べられそうもない。現に、私の前には栄養補助食品のビスケットがひとつあるだけ。

「困ったら言えよ。相談くらいはのってやる」

持つべきものは頼りになる同期。私は秋村を見上げ、拝んだ。

「そうするわ。ミルクティーご馳走様」

ビスケットを無理やり口に詰め込み、ミルクティーで流し込む。

相談はできない。何しろ私自身の問題だ。私が龍人さんを受け入れれば万事解決するのだ。

あまり悲観的に考えちゃ駄目だ。もしかしたらすんなりうまくいって、さらには今夜ひと晩で受精&着床！なんてことだってあり得るわけだもの。前向きに、前向きに。頑張ります、とあれだけ張り切ってみせて、これ以上怯《おび》えるのはやめよう。


その晩、龍人さんは会食があって、帰りが少し遅かった。私は部屋を掃除し、ひとりで簡単に夕食を済ませた。やっぱり喉を通らないだろうと思っていたので、りんごを剥いて半分食べたくらいだ。

お風呂を済ませて、髪も綺麗に乾かす。そうだ、リラックスした方がいいんだ。

確か秋村の彼女のせっちゃんにもらったアロマがあったはず。

ラベンダーの精油を持ってきて、お湯を張ったガラスボウルに落とした。ふわんといい香りが広がる。

おお、これはいいかも。心なしか気持ちが落ち着いてきたような。

私はソファに腰かけ、スマホでニュースや動画を眺めて過ごした。

リラックスするアロマのせいだろうか。気づけばうとうと背もたれに身体を預けている時間が増える。

ああ、起きていなきゃ。でも、一日緊張状態だったから、すごく身体が疲れてるんだよね。眠い……。


「小梅」

次に気づいたとき、私の目の前に龍人さんの顔があった。

「りゅ、うとさ――」

名前は最後まで呼べなかった。龍人さんがソファに膝をつき、私の唇を奪ったからだ。

龍人さんの唇は冷たい。髪や気配から冬の外の空気を感じる。

「ん」

触れ合った唇は角度を変えて深く重なる。何度も何度も感触を確かめるように交わされる口づけ。

やがて私の温度に馴染むように龍人さんの唇が熱くなっていく。舌先で歯列をつつかれ、なすすべもなく薄く口を開けば、口腔《こうくう》に舌が滑り込んできた。

「う、んう」

鼻にかかる声が漏《も》れる。気持ち悪くはない。だけど、いきなり龍人さんにキスをされている状況に、心臓が苦しい。

龍人さんが私の身体を抱き寄せる。後頭部に手を添えられ、上向かされると、よりキスが深くなった。

「ふ、う、んん」

甘ったるい声が鼻に抜ける。変な感覚。ぞくぞくするような心地だ。逃げだしたいのに、身体が言うことを聞かない。

何度も何度も角度を変えてキスを繰り返す。徐々に身体の力が抜けていくのを感じる。

「りゅうと、さん」

わずかに唇を離し、目を薄く開くと龍人さんの視線とぶつかった。龍人さんは一瞬動きを止める。それからきゅっと唇を結び、私の身体を横抱きに抱き上げた。

抵抗する暇もない。寝室に連れていかれ、ベッドに下ろされる。

「ちゃんとエロい顔できるんだな」

私を押し倒した格好で龍人さんがふっと笑う。

恥ずかしい。私は今どんな顔をしてしまっているのだろう。甘いキスで身体の力は完全に抜けてしまった。

大丈夫、このまま龍人さんに身を任せていれば、きっとうまくいく。

「抱くぞ」

私はかすかに頷き、シーツの裾をきゅっと掴んだ。

数時間後、部屋には白々と朝日が差し込んできた。時刻は午前七時。

気温が低いのでエアコンを入れ、私は毛布をかけ直した。自分と、横で眠る龍人さんに。

くたびれた。私も寝たい。

だけど、眠れそうもない。龍人さんが眠った後、パジャマだけ羽織り、まんじりともせずに朝を迎えてしまった。

毛布の振動のせいか、龍人さんが身じろぎした。裸の胸が動き、まぶたがゆるゆると開いて綺麗な黒い双眸《そうぼう》が見えた。

「……小梅」

「おはようございます」

私は気まずく苦笑いした。

この気まずさは昨夜抱き合った余韻のせいではない。気恥ずかしさや、甘い雰囲気の名残《なごり》のせいではない。

「すみませんでした」

私は身体を起こした状態で謝った。龍人さんが寝転んだまま、両手を顔に当て、声にならない声をあげた。

「仕方ないだろ。好きな相手じゃなきゃできない女は結構いる」

「本当にすみませんでした」

ベッドの上でしおしおと土下座する私。

私たちは結局セックスできなかった。

まあ、なんというか有り体に言えば、『挿入できなかった』のだ。

「いーから、頭上げろ。馬鹿」

龍人さんが身体を起こして面倒くさそうに言うので、私はがばっと顔を上げた。

「だって、あんなにいい感じだったのに。私の身体が全然駄目で！　申し訳なさすぎて！」

昨晩の私たちは最高の雰囲気だった。帰宅した龍人さんからの不意打ちキスは、緊張する暇なく私を骨抜きにした。キスはとても心地よくて、身体がじんじんと変な感じで。

抱くと言われて、パジャマを脱ぎ、暗闇の中で初めて龍人さんと素肌同士を触れ合わせた。この頃にはごまかされていた緊張感が身体に舞い戻り、心臓は痛いほど鳴り響いていたし、ダイレクトに感じる龍人さんの温度と香りに頭はクラクラ。さらには、彼の大きな手が私の身体のあちこちに触れるのだ。

パニックは起こしていたものの、初夜と違って、私は彼の指先や唇の感触に違和感よりも心地よさを覚え始めていた。

大丈夫、身体はきっと彼を受け入れたがっている。

そう思い、彼の首に腕を回し、身を委ねようとしたのだ。

しかし……。

「緊張すれば濡れないし、硬くて入らない。普通のことだ、気にすんな」

そう、私の身体の方がちっとも受け入れてくれなかったのだ。カチカチに固まった下肢は、無理にしようとすればお互いに痛くなりそう。それでも何度か頑張ったのだ。

龍人さんは優しくキスしてくれたし、その他もろもろ口に出せないようなこともいっぱいしてくれた。

しかし、まったく私の身体は言うことを聞かず、結局断念せざるを得なかった。

「ごめんなさい、龍人さん、私～」

「安心しろ、自分が下手《へた》くそだと凹んでるわけじゃない。俺はうまい」

龍人さんが謎の反論をし、それから髪をかき上げた。

「だけど、おまえはまだ気持ちができてないんだろ。それじゃ、俺がテクを駆使しても無理だ」

私は不甲斐なさにうつむいて呻いた。

いけると思ったのだ。龍人さんのことは嫌いじゃない。触れられることに対する違和感もだいぶ薄れた。昨晩、私に優しく熱く触れてくれたことも、ドキドキしながら嬉しさもあった。

それなのに、身体は拒絶してしまった。

なんで、なんでなのよ。私。そんなに頑固なタチじゃないでしょう。

みんなのために頑張らなきゃ駄目じゃない。

「小梅」

名前を呼ばれ、半泣きの顔を上げると、龍人さんが唇を寄せてきた。そのままキスされる。

「ん、待って」

驚いて思わず顔をそむければ、腕を引かれ抱き寄せられた。

「キスは気持ちいいってわかったんだろ?」

「それは……」

言い訳のしようがない。最初こそ戸惑ったものの、私は彼のキスでとろけてしまったんだもの。

とろとろに甘えた表情を見せて、今さらごまかせるはずもない。

龍人さんがまた軽くキスをくれる。

「進展してる。キスでもう少し慣らしていくぞ」

「りゅうと、さん」

柔らかく唇を食《は》まれ、期待した吐息が漏れてしまう。

「おまえにセックスが下手だと思われていたら不本意だからな。せいぜい味わえ」

龍人さんは私をシーツに押し倒し、ぐちゃぐちゃにとろけるキスを再開する。

ああ、もう充分わかりました。キスは気持ちいいです。あなたはたぶん、そういった行為もお得意で、たくさんの女性を啼《な》かせてきたんでしょう。

原因が私にあるのはわかったから、そんなにいじめないで!

私たちはベッドの中で、朝の怠惰な時間を過ごした。互いの唇を貪りながら。

本番の性行為はできなかった。でも、あれこれいやらしいことはしてしまったし、ものすごくエッチなキスはしてしまった。

それが、この土日の収穫である。収穫と言っていいのかな。

土日が明け、月曜、私は首をひねりながら出社した。

土曜は結局キス以上はせず、起きてからはいつもの健全な上司と部下の関係に戻った。日曜は私が駒形家で一日家事をし、夕方にはみんなで祖父の元へ行った。帰宅が夜だったので、龍人さんは一日気ままに休みを過ごしていたようだ。

これでいいのだろうか。いや、龍人さんは焦るなと言ってくれている。おまえはクビだとは言われていない。次の機会を私から設定して……。

だけど、龍人さん、嫌になっちゃってないかな。私のこと、呆れちゃってないかな。考えれば考えるほど、ずんと頭が重くなる。

「変な顔してんぞ、駒形」

オフィスに到着するなりそんなことを言うのは秋村だ。私は隣のデスクの同期をじろっと睨む。変な顔じゃない。悩める顔なだけだもん。

「あ」

「どうした？」

「相談……のってくれるんだよね」

まじまじと見つめると、秋村がたじろいだように頬を歪《ゆが》めた。

「お、おう。のるけど」

ランチに秋村と出かけたのは近所の居酒屋だ。ランチ営業をしていて、個室がある店はこのへんではここくらい。

来週から師走《しわす》という今日は結構冷える。私は熱々の鍋焼きうどん定食を注文した。天ぷらたっぷりの味噌鍋焼きうどんにごはんとお漬物がついた、ボリュームたっぷりのランチだ。

「相談って割にめっちゃ食うな」

この前はビスケットひとつでいっぱいいっぱいだった私も、ひと山越えたせいか、今日はとてもお腹が空いている。

「元気出そうと思ってさ。食べながら聞いてほしいんだ」

深刻ではあるけれど、しょぼくれて話すのも恥ずかしい。私はとんかつ定食を頼んだ秋村に、金曜夜のことを話し始めた。

「……と、いうことなんだ」

すっかり話し終えて秋村の顔を見た。

「だいぶ赤裸々だったな」

秋村は額を押さえ、深いため息をつく。

「身内のそういう話、聞きたくなかった……」

「え？　だいぶぼやかしてふわっと喋ったつもりよ？」

龍人さんの子どもを産むってことは伝えてあるわけだし。そういうことをしようとしてうまくいかなかったっていう話だけで。

確かに『挿入できなかった』とは言ったけど、他にされたエッチなことは何も言っていないわけで。

……充分に赤裸々か、言われてみれば。

「で、相談って？」

「えっとね、ほら、私が要因でできなかったとはいえ、男性側からしたらうまくいかないのって自信喪失しちゃうものかな」

龍人さんは変わらない態度だけど、内心傷ついていたらどうしよう。彼が自信をなくしたとなれば、また子作りへのハードルが上がる。

秋村はうーんと唸り、私を見た。

「まあ、凹んじゃう男はいるよな。初めて同士とか、うまくいかないこともあるし。でも、社長なんて、百戦錬磨だろ？　駒形が緊張で使い物にならなくても、いちいち気にしないって」

使い物とは、またなんとも言いようのない感じの悪さ。まあ、概ねその通りなので文句のつけようもない。

「でも……なんとなく……。ため息ついてたし、あれから全然近づいてこないし」

「社長的には、駒形が自分に懐いている自負があったんじゃないか？」

秋村が言う意味がぴんとこなくて、私は首をかしげた。

懐いている……というのは語弊があるものの、親しくはあると思う。

「社長としては少し気持ちよくしてやれば、駒形が全面的に身も心も明け渡してくれるって思ってたんだろ？　それが思いのほかガードが堅いわ、壁立ててくるわで、『実は思ったほど懐かれてなかったのか』ってショックを受けたんじゃないのか？」

「わ、私的には受け入れたいって思ってるよ！」

「だから無意識下の話。近くに置いて、家族みたいに接してきた駒形が、心の奥底ではそこまで気を許してはいなかった。そこが、社長には想定外だったんだよ」

そんなことを龍人さんが思うだろうか。確かに私たちは上司と部下というより、親戚みたいに近い関係を維持してきた。龍人さんが私を選んだ理由も、そういった信頼と気安さがあったからだろう。

だけど、私の方が受け入れる精神状態にないってわかったら……。

「ぶっちゃけさ、女子の身体の準備ができてなくても、潤滑液とか使って強引にヤッちゃうことはできるわけだ」

「や、野蛮！」

「たとえばの話！　でも社長は無理やりなことはしなかったんだろ？　契約で愛がなくても、駒形に怖い思いをさせたくないからやめたんだろ？　男は寸止めって結構きついんだよ。それを我慢して、駒形の気持ちをいたわってくれて優しいと思うよ」

言われてみればそうなのかもしれない。

そうか……単純に行為失敗がわだかまりなんじゃなくて、気持ちの部分で龍人さんと私はすれ違っている可能性もあるわけだ。

「ありがとう、秋村。結構参考になった」

「うん、次の報告は『成功した』だけでいいからな。詳細不要」

「そう言わないでよ。相談できるの秋村だけなんだもん」

食事を終え、居酒屋を出る。オフィスは大きな交差点を渡って坂を少し上った先だ。

声をかけられ、振り向く。そこに龍人さんがいた。今日は朝からジョーグン本社で
「小梅、秋村」

会議に参加していたはず。

うわ、気まずい。たった今、龍人さんの話を秋村にしていたばっかりだったのに！

「社長、本社での会議、お疲れ様です。オフィスにお戻りですか？」

秋村が笑顔で声をかける。龍人さんは数瞬黙り、「そうだ」と答えた。

なんだろう。機嫌、悪い？

「俺たちはそこの居酒屋で飯を」

「ああ、出てくるのが見えた」

龍人さんは低い声で言う。それから私を見た。

「小梅……、おまえ」

「はい、なんでしょう」

龍人さんは言い淀み、それから小さな声で言った。

「いや、やっぱりいい」

「言うこと忘れちゃいました？　思い出したらまたおっしゃってくださいね」

どうせ、夕飯のリクエストとかだろう。考えてみたら、本社から戻ってきたときはだいたい機嫌悪いんだった。

龍人さんと秋村は取引先の話を始め、私は色づいた街路樹のイチョウを眺め、午後の仕事を頑張ろうと伸びをした。

その晩のことだ。龍人さんの帰宅は遅かった。

いつもなら夕食や帰宅について連絡が来るのに、今日はなし。私はひとり分の夕食を準備し、済ませてしまった。

うん、満足満足。

それにしても、連絡できないくらい忙しいのかな。そんな感じはしなかった。今日の会議で新たな方針でも決まって、その運用についてあの優秀な頭で考えているのかな。

日付が変わる少し前に、龍人さんが帰宅した。

「おかえりなさい」

出迎えてすぐにわかった。お酒を飲んでいる。

「那賀川さんとですか？」

「ああ」

龍人さんは短く答え、鞄とスーツの上着をソファに放る。私はそれを拾い、片づけた。

「お水いりますか？」

「いらない」

「今日はもう寝ちゃうといいですよ。シャワーは明日」

結構酔っているように見えたのでそう言うと、龍人さんがいきなり私の腕を掴んだ。

「なんですか？」

引き寄せられ、唇を奪われる。

驚いたものの、忍び込んできた熱い舌に身体がびくんと震えてしまった。もう何度も教えられた感覚に、素直に反応してしまう。

水音を響かせ、じっくりとキスを交わす。

アルコールの匂い、龍人さんの香り。

いきなりなんだろう。アルコールでそういった欲求が高まっているのかもしれない。つまり、龍人さんは私をもうそういう対象として見てくれているんだな。そんなことを思う。

唇を離すと、無条件にとろんとした視線で彼を見つめてしまった。

「小梅」

龍人さんは対照的に険しい顔をしている。酔っているはずなのに、甘さも柔らかさもないどこか切迫した表情だ。

「秋村とは付き合っているのか」

「え？　はあ？」

いきなり秋村の名前が出てきて驚いた。なぜ、秋村が出てきたのだろう。

「そんなわけないですよ。龍人さんとの契約について話すって言いましたよね」

「それなら、好意があるのか？」

「ないです、ない！　秋村には会応大出身の頭がよくて美人の彼女がいます！」

「じゃあ！」

龍人さんが言葉を切った。まっすぐに私を見下ろす綺麗な黒い瞳。

「個室でふたりきりになりたい理由はなんだ」

あ、と昼の光景が思い浮かぶ。

あの居酒屋が個室か半個室なのは、利用した人間はみんな知っている。私はちょっとセクシャルな相談だからとあの店を選んだけれど、龍人さんから見たら、私が秋村とふたりきりで会っていたってことに……。

でも、それって、龍人さんに関係あるのかな……。

「龍人さん、変ですよ。私と秋村がふたりになるのを心配するとか……」

この返しがいけなかったというのは後でわかった。私は先に言うべきだったのだ。龍人さんとの関係を相談していた、私の失態で龍人さんを傷つけていないか男性目線から教えてほしかった、と。

私の言葉は挑発的に聞こえたのかもしれない。龍人さんが目元を歪め、眉間に深い皺を刻んだ。

「秋村とならできるかもしれない、と試す可能性があるからな」

「へ？」

龍人さんは憎々しげに私に言い放つ。

「俺とはできなくても、仲のいい秋村には身体を許せるかもしれない。練習相手に使って、そのまま妊娠。秋村の胤《たね》を、郡家の跡継ぎにするわけにはいかないんだよ」

驚きと怒りのあまり数瞬言葉が出てこなかった。

なんてことを言うのだろう。私にも秋村にもあまりに失礼だ。邪推にもほどがある。

「言うに事欠いてそれですか？　私の部下としての忠誠はそこまで信じてもらえていないんですか？」

負けじと怒鳴り、龍人さんの腕を振り払った。

「秋村はただの同期です。普通に相談があって、話を聞いてもらっていただけです！　私は、我が家によくしてくれる龍人さんへの恩返しの気持ちでこの件をお受けしました。その気持ちを信じてもらえないなら、こんな契約もうやめましょう！」

私は龍人さんの子どもを産む決意をしている。

身体が言うことを聞かなくて、不甲斐ない気持ちでいっぱいで、龍人さんに呆れられたり嫌われたりしたくなくて秋村に相談した。それなのに、どうしてこんな勘違いが起こっているのだろう。

龍人さんの表情は静かになっていた。はっきりと浮かんでいた怒りは、静かで冷たい表情に変わっている。龍人さんが私を強引に抱き寄せた。

抗う暇もない。そのままソファに押し倒される。

「ちょ、っと、やだ！　やめてください！」

「覚悟があるなら見せろよ。俺の子どもを産むんだろ」

この人はこのまま私を抱く気だ。そのことにぞっとするような恐怖を覚えた。あれほど優しかった龍人さんの手は、今や乱暴に私を戒めている。

「さっさと妊娠して子どもを産め。そして、俺の元から去れ。おまえと家族の人生は保証してやる。それでいいだろ？」

乱暴で傲慢な言葉が降ってくる。ひどい男だ。言葉でも力でも私を制そうとするなんて。

それなのに、私は気づいてしまう。この人はなんて切ない表情をしているのだろう。苦しげに寄せられた眉、細められた目。口の端が下がり、悔しそうで悲しそうな顔。私を強引に抱こうとしている男の顔じゃない。

べろりと首筋に舌を這《は》わせられ、大きな手がルームウェアのハーフパンツをずらす。下腹部に触れる指。このまま抱かれてしまっていいのか。きっと、それでもいい。子どもができたらなおいい。

だけど、ここで許したら、私と龍人さんの人間同士の関係は終わりだ。

私の大好きだったボスはいなくなってしまう。

「離してください」

私はなるべく冷静に低く言った。彼の興奮と狼狽を抑え込むように、対照的に。

「離してください。私は、したくありません」

「俺の子を産むのは嫌になったか？　契約をやめるか？」

龍人さんの顔がもっとつらそうに歪む。私は勇気を出して、彼の両頬を手のひらで包んだ。黒くて美しい瞳をじっと覗き込む。

「やめません。あなたの赤ちゃんを産みます。でも、今この瞬間は離れてください」

自分でもよく冷静に対応できたものだと思う。龍人さんが目を伏せ、私の上から退くと、途端に心臓がばくばくと鳴り響きだした。涙が目尻に滲んだのは、恐怖や悲しみではなく、単純に抑え込んでいた焦りと驚きからだった。

私はわなわなと震えながら、ソファから立ち上がった。

「小梅……」

立ち尽くした龍人さんが私を見つめる。何か言わなきゃ、何か……。

「りゅ、龍人さんのばーか！」

さっきまで冷静に大人ぶって彼を拒絶した女はどこへ行ってしまったのか。残念な私は、真っ赤な顔で涙ぐみ、小学生のような言葉を投げつけるしかできなかった。

そのまま逃げるように自室に飛び込み、朝まで布団をかぶって眠った。

龍人さんがその後どうしたのかは知らない。

翌朝、龍人さんの部屋を覗くと寝息をたてる彼の姿が見えた。私は朝食の準備だけして、先に出社したのだった。


「はあ」

昼休み、私はオフィスでひとり自作のおにぎりを食べている。目の前には朝詰めてきたお弁当。同じ内容の朝ごはんは、龍人さんに提供してきたものの、食べてくれたかな。

当の龍人さんは社長ブースや会議室を行ったり来たり、さらに外出と今日も忙しそうだ。ゆうべのことなんかなかったみたい。

龍人さんは酔った勢いに任せて私を抱こうとした。だけど、それは苛立ちをぶつけるための征服行為でしかなかった。受け入れられるわけない。

そして、そもそも龍人さんが私に対して苛立った理由というのが、秋村と私の仲を疑って、というもの。

これってどう解釈すればいいわけ？　あのとき、龍人さんは言った。私と秋村が子どもを作って郡家の跡継ぎにされたらたまらない、と。

でも、冷静に考えれば龍人さんがそこまで私を悪女だと考えるだろうか。たぶん、あれはカッとしてああいう言い方になっただけ。

だって、まるであの言い方は……。

「嫉妬してるみたいじゃん」

ぼそっと呟き、慌てて周囲を見回してしまった。

危ない。声に出していたわ。誰も聞いていなかったよね。

すると、私に歩み寄ってくる那賀川さんの姿が。

「駒形、この後、外出付き合える？」

「え？　はい、いいですよ」

「弁護士の先生と打ち合わせ。急でごめんね」

営業部長という肩書を持ちながら、法務関係を引き受ける那賀川さんだ。こういった打ち合わせは割とあり、その仕事は私も少し手伝っている。本当、なんでも屋だよ、私たち。

昼食をぱぱっと片づけ、身支度を整える。龍人さんの姿は昼前からない。今頃は外出中だろう。どこかでお昼を食べて戻ってくるのかな。

はあ、また顔合わせるの気まずいなあ。もっと言えば今夜からどうしよう。ふたりきりで。

オフィスビルから出て、靖国《やすくに》神社を背に坂を下る。

「あ、ちょっとコンビニ寄っていい？　ＡＴＭ使いたいんだ」

「いいですよ」

那賀川さんに付き合って、手前のメトロの階段を通り過ぎ交差点方向へ。那賀川さんがコンビニにいる間、私は外で微妙に曇った空を見上げていた。

なぜ、そちらを見たのかわからない。コンビニの裏手、ガラス張りの大手コーヒーチェーンの店内に龍人さんがいる。向かいに座っているのは怜子さんだ。

間違いない。龍臣さんの奥様。龍人さんの義姉。

ふたりは何か言葉を交わしている。遠目にはよくわからないけれど、真面目な顔をしていた。シリアスなシーンなのだろうか。

イケメン社長と美人の兄嫁……、昼ドラっぽい……じゃなくて、どういうシーンなの？

「お待たせ、行こうか」

「あ、はい！」

胸騒ぎといえばいいのだろうか。身体の奥が嫌な感じ。もやもや、ざわざわと落ち着かない。しかし、私にできることはない。

私はふたりを横目で見ながら、那賀川さんについてメトロの階段を下る。

その晩、龍人さんは遅く、私たちは会話もしないで終わってしまった。

6. こじれにこじれて

それから私と龍人さんはあまり喋らないようになった。意識的にお互いを避けているといった感じだ。

彼は仕事で帰宅が遅い日が続き、食事はいらないとメッセージアプリに連絡がある。社内では最低限しか喋らない。朝ごはんは用意しても、私が先に出社してしまうので一緒には食べていない。

私は空いた時間は実家に行き、家事を済ませたり、桃太と桜子の学校関係の書類をチェックしたり。祖父のホームへも顔を出し、祖母と通院に同行する約束をする。実家を離れても私にはやることが多い。

そんなこんなで数日が経過していた。

「小梅、本社への報告書、上がってるか」

龍人さんが呼ぶ。私はデスクに歩み寄り、答える。

「先日のシステムトラブルの件でしたら、すでに本社とのやりとりは済んでます」

「聞いてないぞ」

「昨日の朝、口頭で報告しました。それにメール、CCついてますのでご確認ください」

私は彼を押しのけるようにパソコンの画面に向かい、マウスを勝手に掴む。膨大な放置されたメールの中から、CCのついたメールを見つけだす。

「あー、わかった」

龍人さんはもう私を見ない。画面しか移さない黒くて綺麗な瞳。

普段の私だったら、ここで『任せるって言ったのは龍人さんですからね！　全然聞いてないいんだから！』なんて苦情を言う。龍人さんも嫌そうな顔をして『おまえは本当にうるさいな』とか憎まれ口を叩く。だけど、私たちはこれ以上喋らない。

「失礼します」

私はそう言って龍人さんの横から離れるだけだ。

私たちの絶妙な距離の変化を、那賀川さんあたりは気づいているかもしれない。でも、口には出さない。もしかしたら、龍人さんには何か言っているだろうか。

私たちはどうなってしまうんだろう。

龍人さんが私と秋村の関係に嫉妬をしているんじゃないか。そんな仮定は、龍人さんと怜子さんがふたりでいる光景を見て吹っ飛んでしまった。

そもそも、会食で会ったときに感じたじゃない。龍人さんが怜子さんを大事そうに扱っている、と。兄嫁である前に幼馴染み。きっと、姉弟のように仲がよかったに違いない。

もし、そこに愛情があったとしたら。

怜子さんは会食で見た限りでは、楚々としておとなしそうな人だった。龍臣さんを裏切るようなことはきっとしない。

だけど、跡継ぎ問題で心が疲れてしまっているのは、私にもわかった。そんなときに、龍人さんが愛を持って接したらどうだろう。

そう、怖いのはそこ。

龍人さんは、怜子さんのことをずっと好きなんじゃなかろうか。

誰とも結婚したくないのは、たったひとりが手に入らないからじゃないの？

そうだとしたら、龍人さんが私に見せた態度はすべて怜子さんのためのものだ。

怜子さんのために確実に跡継ぎを残したい。他の男にへらへらしている暇があるなら、早く自分と関係を持て。くだらないことで怒るな。

そういうことなのかもしれない。

私は龍人さんと恋愛関係にあるわけじゃないから、これは裏切りではない。最初からお互いがウィンウィンの関係になるために、この契約に応じた。龍人さんが誰を好きでも、誰のために私を抱いても問題ない。

私のことがちっとも好きじゃなくても、龍人さんは私に情熱的なキスをくれるし、きっと心地よく抱いてくれるのだろう。

怖がらなくていいから、さっさと関係を持ってしまえばいい。妊娠して、龍人さんのそばを離れればいい。

頭でわかっていることがうまくいかない。だって、想像すればするほど、そんな行為は寒々しくて虚《むな》しくて……。私はいつからこんなふうに思うようになってしまったのだろう。

結果、私は彼に抱いてほしいと懇願することはおろか、会話や目を合わせることすらおぼつかなくなっている。

明日から二日、私は実家に戻る。

一日目は有休を取り、祖母の通院に付き添い、主治医と治療の方針を相談することになっている。夜は桃太と桜子がすき焼きを食べたいと言っているので、家族で夕食にしよう。

間もなくクリスマス。彼らのプレゼントのリクエストも聞いてこよう。二日目は午前半休を取って、家事を済ませてくる予定だ。

本当はそのまま実家に居座ってしまいたい。しかし、妊娠していないうちから不仲を連想させるようなことはできない。

「はあ」

デスクで思わず漏れたため息は、誰にも聞こえなかったと思う。


翌日、龍人さんに朝食を出し、顔を見ないうちに私は実家に戻った。祖母の病院の予約が早いからで、他意はない。

実家では、ちょうど桃太と桜子が登校するタイミングだった。ふたりを見送り、祖母とお茶を飲んでから病院に出発した。

病院は文京区《ぶんきょうく》。龍人さんが通院に使えと車代を出してくれていることを思い出す。これればかりは素直に感謝だ。

これでいい。お互いに必要なものを提供し合う関係でいい。雇用主と従業員。最初からそういう関係だった。

それなのに、私は何が引っかかっているんだろう。なんでこんなに胸がずっと苦しいんだろう。

病院は予約時間からさらに一時間待っての診察だった。幸い、祖母の病後の経過は順調だそうだ。飲んでいる薬は術後半年を目途にやめると決まった。薬の副反応に苦しむ日々が終わると思うと、私も祖母も涙が出そうなほど嬉しい。

祖母とふたり、病院の食堂でうどんを食べて帰宅した。すると、玄関に人影がある。背の低い、日に焼けた男性の姿。

「お父さん！」

私は声をあげた。振り返ったのは父だった。メールや手紙ではやりとりしているけれど、会うのは久しぶりだ。

「小梅！　おかえり」

父は嬉しそうに皺だらけの顔をもっと皺くちゃにした。

「勝之《かつゆき》さん、早かったねえ」

「お義母さん、ご無沙汰してます。お義父さんのところには午前中に挨拶をしてきました」

祖母の口調から、父は祖父母には上京する旨を話していたようだ。

完全に没交渉となった母と違い、父はこうしてたまに顔を出してくれる。父が北海道で働きだしてからはなかなか会えず、今日の再会も二年ぶりくらいだ。

「何、もう急に。驚いたなあ」

「小梅が婚約したって聞いてさ。ちょっと早い冬休みをもらって北海道から出てきちゃったよ」

その言葉に身が跳ねるようだった。

父には龍人さんとのことは言っていない。何しろ、妊娠し、安定したら即出戻る予定だったのだ。

申し訳ないが、子どもが生まれてからすべて報告でもいいと思っていたくらいだ。

その程度に疎遠ではある。

「これ、たいしたもんじゃないんだけどさ。使ってくれよ」

差し出してきたのはデパートの包み。父を居間に通し、祖母がお茶を淹れてくれる中、包みを開けた。

そこにあったのはブランド物のバッグだ。龍人さんが用意してくれたようなハイブランドの数十万円から数百万円するものではないけれど、若い女の子が好んで使うブランドのものだ。

「こんなの！　いいのに！　高かったでしょう？」

父だってあまり裕福な暮らしはしていない。今は友人の農家の手伝いをし、安いアパートで暮らしている。上京するだけでお金だってかなりかかったはずだ。

「いやね、おまえが嫁ぐ先が会社の社長さんだっていうから。ジョーグンの御曹司なんだろう。それなのに、俺はおまえになんの嫁入り道具も持たせてやれなくて。小梅は自分のことは全部後回しだったし、せめてみすぼらしくない持ち物を持たせてやりたいなって思ったんだ」

「お父さん……」

「デートするときや、向こうのおうちに行くときに持っていっても恥ずかしくないだろ？　そのバッグなら」

龍人さんは私に高価なバッグを用意してくれた。もちろんそれはありがたいことだ。でも、私は安くても、父がくれたこのバッグがどうしようもなく嬉しかった。私にとっては何より価値のあるバッグだ。胸がいっぱいで涙が出そうだった。

父は私の婚約を心から喜んでくれているのだ。

「お父さん、ありがとう。大事にするね。あと、連絡しないでごめんなさい」

「あはは、いいんだよ。俺なんか、本当に何もしてやれない親なんだから。気恥ずかしいよな、いちいち連絡取るなんて」

違うの。そうじゃないの、お父さん。私はお父さんに言わないでいろいろ進めようとしていたの。後ろ暗いことがあるから。

その後、桃太と桜子が帰宅し、私たちは四人ですき焼き鍋を囲んだ。

父は血の繋がらない桃太と桜子のことも大事にしてくれていて、ふたりにも北海道のお菓子をたくさんお土産に買ってきた。祖父ともビデオ通話を繋いで、家族みんなで楽しく夕飯にした。

食後に私は父とふたり、近所のコンビニに出かけた。父にビールでもおごろうと思ったのだ。何しろ、我が家には普段アルコールは置いていない。

コンビニで缶ビールと缶チューハイを買い、近くの公園に寄る。寒い冬の夜だ。家に帰ってからにすればいいのに、父は待ちきれないとばかりにビールを開ける。私はその横でホットのミルクティーを開けた。

「小梅が結婚するのかぁ」

父は感慨深そうに何度も言う。父からしたら、たったひとりの我が子だ。親権を失い、自分の生活でいっぱいいっぱいの父は、私を育てられなかった。そこに反省があるのか、父はいつ会っても優しい。

私は父がたまにお金を送ってくれていることも知っていたし、時折届く手紙を嬉しく思っていた。

「いい人なんだろう。お相手は、ええと」

「龍人さんっていうの。郡龍人さん。私が大学時代にバイトで知り合ってね。大卒で採用してくれた。駒形家のこともずっと気遣ってくれて、私がちょっと身の回りの世話をするだけで、アルバイト代だって余分にお金をくれるの。我儘で困ったところもあるけどね、いい人よ」

「そうか、そうしてるうちに見初められたってわけか。ありがたいことだなあ」

ほくほく笑う父は、あまりお酒が強くない。缶ビールを半分も飲むと、頬が赤くなってきている。

私は昼間から覚えていた罪悪感のもやもやで胸が苦しくなっていた。

父はどう思うだろう。私が、お金のために赤ちゃんを産む契約をしたのだとしたら。

婚約は駒形家へのカモフラージュで、本当は子どもを産むだけの役割だとしたら。

実の娘がそんなことをしようとしていたら、父は悲しむだろうか。

「お父さん、あのね!」

口をついて出た。すべて話してしまう気持ちでいたわけじゃない。でも、このまま父と別れたら後悔する気がした。

「話があるんだ。聞いてもらってもいい？」

そこから私はベンチに腰かけ、これまでの顛末《てんまつ》をすべて話した。

龍人さんに子どもを産んでほしいと頼まれたこと。郡家の事情。駒形家にもたらされるメリット。駒形家に心配をかけないために、婚約と同棲だと嘘をついたこと。

父は黙って聞いていた。時折、相槌《あいづち》代わりに頷いて。

「だから、お父さんごめんなさい。私、本当は結婚しないんだ。赤ちゃんを授かったら、この家に戻るの。喜ばせて本当にごめんなさい」

父に頭を下げると、涙が出てきた。隣に腰かけた父はしばらく黙っていた。それから大きくて分厚い手がゆっくりと私の頭を撫でた。

「俺に何か言う権利はないよ。小梅は、家族のために決断したんだろ。ごめんな、小梅。ひとりで全部背負い込ませちゃったな」

「お父さん、お願い。それでもこのことは、ばあちゃんや桃太たちには言わないで。私、みんなのためにこの役を務め上げたいって思ってる」

鼻水でぐすぐすと鼻を鳴らしながら父に懇願する。

「龍人さんは……本当は龍人さんだって跡継ぎになれる資質があるのに、ご両親やお兄さん夫妻のために、自分の子に譲ろうとしてるの。龍人さんも家族のために決断した人だから。力になりたい」

父が私の顔を持っていたタオルでぐいぐい拭いてくれる。そして言った。

「小梅の話を聞いてると、小梅はちゃんとその社長さんが好きなんだなあってわかるよ」

「え……」

「信頼する社長さんだからって、簡単にそんな依頼受けらんないだろ。小梅は小梅で、その龍人さんって人を好いてるんだなあ」

好いてる。私が、龍人さんを？

私は混乱して、頭がハテナでいっぱいになってしまった。

「え、私は……」

私は……龍人さんを好き。

そうでなければ、こんなこと引き受けられない。

混乱した思考が行き着く先を知っているようで、私はいっそう困って視線をうろうろとさまよわせた。

「いいんだよ。ゆっくり考えれば。俺はね、小梅の味方。どこまで行っても味方。だって、おまえのお父さんだもの」

父が皺くちゃの笑顔でそう言った。

そのときだ。

「小梅!!」

大きな声が公園に響いた。見れば、公園の入口に背の高い人影。

「龍人さん!?」

私が叫ぶより早く龍人さんが大股で歩み寄ってくる。私を立ち上がらせ、抱き寄せると、父をねめつけた。

「小梅、何をされた。この男に!」

「え、いや、龍人さん」

誤解です、誤解。そう言うより先に父がぺこりと頭を下げた。

「小梅がお世話になっております。小梅の父です」

龍人さんがぽけっと父を見て、それから私を見下ろした。ええと、勘違いなんですってば。

それから龍人さんは駒形家にやってきて、改めて父と顔合わせをした。

どうやら龍人さんは、父の所在地や生活などは調べたものの、顔写真は見たことがなかった様子。私が変な男に絡まれて泣かされていたと思ったみたい。

「いやあ、かえって挨拶ができてよかったですよ」

父は笑い、それから深々と頭を下げた。

「どうか、小梅のことをよろしくお願いします」

全部知ったうえでの父親としての言葉だった。龍人さんもまた頭を下げた。

「責任のないことは絶対にしません。小梅さんの将来は任せてください」

父は駒形家に泊まる。私も泊まる予定だったけれど、龍人さんとこの勢いで話しておいた方がいい気がした。

なぜ龍人さんは今夜、駒形家に来ようとしていたのか。今なら腹を割って話せるかもしれない。

家族と別れ、龍人さんの車でマンションに戻ることにした。

今朝出たばかりのマンションに戻ってきて、私たちは無言だった。

電気をつけようとしてやめたのは、お互いの顔をはっきり見ない方がいい気がしたから。開け放たれたカーテンから都心の明かりが差し込んでくる。

「今日はなんで、私の実家に来たんですか？　私、泊まるって言いましたよね」

切り出す声が震えそうになる。

「別に……たいした意味はない」

「私、龍人さんのことがわからないです」

向かい合って見上げる彼は、明かりで右側だけかすかに表情がわかる。険しい顔をしていた。

「この前、秋村とのこと、嫉妬してくれたのかと思いました。そうしたら、怜子さんと一緒にいるし。……龍人さんって怜子さんのことが好きなんですよね」

きっと、答えたくないはず。すると、彼は少し驚いたように眉を上げた。

「俺と怜子さんがいるところを？　いつの話だ」

「先週です。九段下の交差点のカフェで」

龍人さんは「見ていたのか」と呟いた。それから私を見つめる。

「怜子さんは俺の初恋の相手だ。小学生時代のな」

「小学生……」

「三十年以上前の初恋だぞ。前も言ったが、彼女はうちの兄貴と相思相愛だった。俺は中学に上がる前に諦めてる。頭じゃ兄貴に負けないと思っても、人の気持ちはどうにもならない」

失った恋を惜しむ、というよりは淡々と、龍人さんは説明口調で言った。

「先週会っていたのは……その、跡継ぎについてもう少し猶予をもらいたいということを……頼んでいた」

「え、それは……私が失敗したからですよね」

「小梅を焦らせたくないから、待ってくれと頼んできたんだよ。早くこっちに跡継ぎが授かれば、彼女と兄貴へのプレッシャーは減る。だけど、そのために小梅の精神に負担をかけるのは……」

そこまで言って龍人さんは言い淀んだ。聞きながら、私は頬がぽぽぽと熱くなっていくのを感じた。

何それ、ものすごく気遣ってくれているじゃない。

「あとは……」

「なんですか、この際なんで全部言っちゃってください」

「おまえが気持ち的にそういうことを受け入れられないでいるのは、俺に問題があるんだろうと……まあ、その、なんだ、相談的なことを」

もしかして女心について怜子さんに相談していたの？

これには私も首まで熱くなるのを感じた。

「龍人さん……、私、めちゃくちゃ大事にされてます？　……もしかして？」

「うるさい、普通だ、普通。ただ、秋村とのことは……本心じゃない」

龍人さんは視線をそらし、呟くように言った。

「たぶん、おまえの言う通り嫉妬だ。小梅の一番は、俺だと思ってたから」

もう言葉にならなかった。私は駆け寄って龍人さんの身体に腕を回し、抱きついていた。

突然の私の大胆な行動に龍人さんは驚いたようだ。彼らしくもなく、おそるおそる私の背に腕を回し、見下ろしてくる。

「小梅」

「秋村はただの同期です！　あの日は私も、秋村に相談してました！　私が失敗したから、龍人さんを傷つけてないかとか、嫌われてないかとか！　ちょっと恥ずかしい話だったんで個室のあるお店にしただけです！」

龍人さんが背を丸め、顔を近づけてくる。もっと近づきたくて、私は伸び上がるように彼を見つめた。

「私は、そういうことするなら龍人さんとしたい。最初の人は龍人さんがいい」

「無理させてないか？　おまえにとっては、上司でしかない」

「私のボスですが、今のところ家族以外で龍人さん以上に大事な人はいません」

その言葉はなかなか破壊力のある告白だったようで、龍人さんが照れたように頬を赤らめたのが暗い室内でもわかった。

「そういう言葉は、好きな男に取っておけ」

「取っておく必要ないです。今、好きな男に伝えてますから」

龍人さんがさらに目を見開くのがわかる。どくんどくんと脈打つ心臓を抱え、私は飛び出した気持ちに驚きながら、その正体にようやく気づいた。

私、龍人さんが好きだ。

きっと出会った頃から惹かれていた。彼に信頼されるのが嬉しかった。お世話係だなんて、特別に近づく許可をもらえたのが嬉しかった。

一緒にいれば上司と部下。兄妹みたいな関係がラクで、龍人さんとこうした関係になるなんて想像もつかなかったから、私はきっと淡い憧れや好意を心の奥底にしまい込んでいたのだろう。それがこうして溢《あふ》れてしまった。

「龍人さん、好き」

私だけが龍人さんをサポートしてあげられる。私以外の女に任せたくない。そんな自負が、この妊娠計画を引き受けた根っこだったのだ。

「もう、なんていうか、気づいたばかりなんで私も混乱してるんですが！　聞き流してくださっていいんで！　こういう私の気持ちは邪魔でしょう？　事務的に子作りするのが目的なんだから」

「邪魔じゃない」

龍人さんが断言し、私をぎゅうっと抱きしめた。肩口に龍人さんが顔をうずめるので、耳元で声が響く。

「俺のこと、好きでいろ」

「龍人さん」

どうしよう。涙が出てきた。

結婚する気も恋人を作る気もないこの人。恋したって無駄なのに、溢れてきた気持ちが止まらない。そして、愛することを許されたら、もっともっと気持ちが加速していく。

「龍人さん、大好きです」

「小梅、おまえ」

龍人さんが言葉を奪うように口づけてきた。何度も何度も唇を合わせ、舌が差し込まれてくれば、拙く自らの舌を絡めた。

もっと欲しくて、彼のジャケットの背にしがみつく。龍人さんがスーツのジャケットを脱ぎ捨て、私の身体を抱き寄せ、ささやいた。

「寝室に行っていいか？」

誘う言葉に私は頷いた。

「はい」

シーツに沈み込み、龍人さんが私の服を脱がせていく。恐怖はない。ただただ、嬉しい。

あれほど震えてしまった行為のひとつひとつに、喜びを覚える。身体に触れる大きな手も、落とされるキスも、全部嬉しい。

その晩、私は龍人さんに抱かれた。

緊張から強張《こわば》る身体を丹念にほぐしてくれた彼を受け入れ、とろけるような甘い坩堝《るつぼ》へ落っこちていった。

「いたたまれない」

羽毛布団をくるくる身体に巻きつけ、呟いた。朝六時、まだ薄暗い室内で私は羞恥で丸まっていた。

「何がいたたまれない、だ。悪くなかっただろ」

私の横には寝転ぶ龍人さん。私はキッと視線だけ送って言う。

「言い方！」

でも、確かに『悪くなかった』。

昨夜、私は龍人さんに抱かれた。たっぷりとひと晩かけて甘やかされ、恐怖や過度の緊張は感じなかった。気づけば、龍人さんのすべてを受け入れ、身も心も彼のものになっていた。

「ちょっと痛かったです」

「痛いって言ったときはすぐやめた。その後は大丈夫そうだったぞ」

「……大丈夫でした」

あれほど怖かったのが嘘みたい。

龍人さんのどこもかしこも愛《いと》おしくて、彼が私を満たすことが嬉しかった。そして彼が私で満足することが嬉しかった。

これが恋。まさかあんなタイミングで気づいてしまうとは。

龍人さんが好き。そして龍人さんは私の気持ちを邪魔には思っていない。

「龍人さん、私、好きでいてもいいですか？」

布団の中でぼそぼそと尋ねると、龍人さんの素っ気ない答えが返ってきた。

「おまえが飽きるまではいい」

「飽きませんよ」

「そうか。俺は、五年はおまえに飽きてないから、問題ない」

彼は誰とも結婚する気はない。そして誰かを好きにはならない。だけど、それでいい。私を特別な位置に置いてくれ、特別に扱ってくれるうちはそばにいよう。

そして彼の赤ちゃんを産もう。

「幸せ、かもしれません」

「幸せ、でいいだろ」

「赤ちゃんできましたかねえ」

「ひと晩じゃどうかな。……小梅、おまえ排卵日の件はどうなった」

「またわかんなくなっちゃったんですよね～」

そんなことを言って恥ずかしい気持ちをごまかし、彼に朝食を用意しようと布団の隙間から手を伸ばした。ゆうべ脱がされたカットソーとスカートを羽織る。下着は後回しでいいや。

「シャワー浴びたら、ごはん作りますね」

「あ、おい」

ベッドから下りようとして、足腰に力が入らなかった。すとんとベッドに逆戻りで座ってしまう。

「無理するな。初体験の直後なんだ」

「いやあ、まさかこんなになるとは。龍人さん、ちょっと無茶しすぎたんじゃないですか？」

「おまえが可愛い声出して煽《あお》るからだろ」

その言葉は私をからかうためというより、素だったようで、ハッとした龍人さんが頬を赤らめる。

可愛いところがある。というか、言われた言葉で、私もたぶん真っ赤だ。

「いい。おまえは寝てろ。どうせ、今日は半休だろ」

「あ、そうでした。……って、龍人さん、何する気ですか？」

「風呂入れて飯作ってやる。待ってろ」

龍人さんはちらっと私を見ると、スウェットパンツだけ穿《は》き、寝室を出ていった。

え？　作る？　ごはんを？　龍人さんが？


三十分後、お風呂の支度と、サンドイッチとコーヒーの朝食が用意されていた。サンドイッチは丁寧にゆで卵とトマトとレタスが入っている。もうひとつはキュウリとチーズだ。野菜嫌いなのに、私のために野菜入りのサンドイッチを作っている……。っていうか。

「料理できるんですか!?」

「サンドイッチなんて誰でもできるだろ。……飯も家事もひと通りはできる。面倒でしないだけだ」

私は綺麗に整えられた食卓を見て、ため息だ。

「本当は龍人さん、私のお世話なんかいらなかったんじゃないですか？」

龍人さんはコーヒーをマグに注いで、しばし黙る。何か言いあぐねているようだ。

「それはいる。おまえが作る飯がいいし、おまえが掃除するのがいい」

「自分でできるのに？」

「小梅がいい。もう何年もこの生活なんだ。勝手に変えるな。この家から出ても、週一は来いよ」

「我儘～」

そう答え、食卓に着きながら、私は赤面している自分を感じていた。

たぶん、龍人さんは言葉にしないだけで私にそこそこの愛着がある。

それは、部下の信頼とは別の話。

いつから、この人の中でこんな気持ちが育っていたんだろう。

もしかして、今までも感じ取れるシーンはあったのかもしれない。だけど、私も彼も不器用で、こんな状況になるまでわからなかった。お互いの肌の温度をたまらなく慕わしく思っていることも、こうして向かい合って食事をする幸福も。

「食べたら、風呂に入って、しっかり眠れ。出社はゆっくりでいい」

「半休分、お休みさせてもらいます。龍人さんはちゃんと朝から行くんですよ」

「わかってる」

龍人さんがマグを傾け、ひっそりと笑った。その笑顔はリラックスしていて、穏やかだった。

ふわふわと落ち着かなくて、なんとも幸せな朝だった。

7．こんなに甘いなんて聞いてない

コトコトと煮えるお鍋。今夜は龍人さんのリクエストでビーフシチューにする予定だ。十二月に入り、めっきり寒くなったので、私も温かなメニューが恋しくなっていた。仕事から帰宅し急いで準備をしている。

間もなく龍人さんがバゲットを手に帰宅した。近所のパン屋で帰り道に買ってきてもらったのだ。

「これでいいのか？」

「おかえりなさい。ええ、これでばっちりです。シチューはもう少し煮たいので、待っててくださいね」

龍人さんがダイニングテーブルにバゲットを置き、キッチンにやってきた。私の肩越しに鍋の蓋を開け、中を覗き込んだ。

「うまそうな匂いがする」

「美味しいですよ。知ってるでしょ」

「ああ」

そう言って龍人さんは私の腰にするんと腕を回した。驚く間もなく、ちゅ、と私のこめかみにキスをする。

「おまえの料理はまずかったことがない」

さりげなく言い、腕をほどきリビングへ。私は真っ赤になって、唇をかみしめる。

龍人さんは私をドキドキさせたいわけじゃない。ただ素直に感想を言っているだけ。

でも、こめかみにキス……なんだか調子が狂うんですけど！

「りゅ、龍人さん、洗濯物がウッドデッキに出てるので」

「ああ、取り込んでおく」

「お風呂は」

「なんだ？　一緒に入りたいのか？」

私はさらに耳や首まで熱くなりながら言い返す。

「違います。洗ってあるので、給湯スイッチを押してほしいなって。そういう話……っ！」

「風呂でしたいのかと思った」

「しません！」

私は強めに言って、お鍋をかき回す作業に戻る。

ようやく初夜を迎えて約一週間、同棲から一ヵ月と数日。

龍人さんが甘い。甘すぎる。

甘々です、龍人さん！

会社ではいつも通りの社長と部下。こうしてこのマンションに帰ってくると、龍人さんからのスキンシップは増え、甘やかす言葉も無意識に飛び出してくる。明らかに私の反応を見るような言葉もあって、さっきのお風呂の話だってそういうからかいだ。

それにしたって、このふわふわな幸せムード……付き合いたてのカップルってこんな感じじゃないかな。ものすごく甘やかされて、どうしたらいいのかわからないよ、こっちは。

「洗濯物は取り込んだし、風呂も入れといたぞ。あとは？」

キッチン近くの壁の給湯スイッチを押し、龍人さんは平然としている。私ばかりが毎度毎度照れてムキになって……。

「もうできるんで、待っててください」

私は熱くなる頬をぴたぴたと手で叩いて冷まし、夕食の準備を続けた。

ビーフシチューは上々の出来。いつものようにふたりで食卓を囲む。

「やっぱりうまい」

以前から何度もこの家で夕食を一緒にとっているのに、龍人さんへの気持ちを自覚したせいなのか、はたまた肌を合わせたせいなのか、向かい合って夕食をとること自体が照れくさくて気恥ずかしい。

「サラダも食べてくださいよ」

「わかってる。ちゃんと食べる」

顔をしかめながら、そんなふうに答える龍人さん。私が見ていたせいか、見つめ返してきた。視線が絡む。

「どうした？」

「な、なんでも、ないです」

途端に私はドキドキが止まらなくなってしまう。

初恋ってやっかいだ。龍人さんの一挙手一投足に反応してしまう。

自覚しないでいた頃はラクだったなあ。平気でまっすぐ見つめられたし、龍人さんに意味深なことを言われたとしても、さらっと流せたもの。今はいちいち、パニックだ。

「飯食った後、資料を作る」

龍人さんが言うので、私は今日彼が準備していた仕事の内容を思い出す。

「明日の本社会議の資料ですよね。私も手伝いますよ」

「いや、うるさいのがいっぱい来る。連中を黙らせる内容にしたいから、少し俺が手をかける」

うるさいの……それはジョーグンの関連会社のトップや営業関連の責任者たちだろう。

ジョーグン本体は、龍人さんのお父さんやお兄さんに代替わりしているけれど、傘下の企業を運営するのはおじいさんの代を支えてきた古参社員たちだそうだ。彼らは曽おじいさんのやり方を見ているし、おじいさんをもり立ててきた人たちだから、現在のジョーグンの在り方や新しい取り組みに難色を示すことも多い。

龍人さんと那賀川さんは『元老院』だなんて言っていたけど、あながち間違っていない気もする。

「連中、いまだに俺の会社の業務を理解してないところがあるからな。次男は何を遊んでるとか言われたらたまらない」

「オムニチャネルって言葉自体が耳慣れないですしね。でも、そこまで無理解だと困るなあ」

我が社の業務としては、幾多の販路を連携させたシステム構築が必須。傘下企業にもちろん理解したうえで協力してもらわなければならない。

現在は、龍人さんがシステムや営業担当者と直接やりとりして連携に組み込めてはいるが、トップが理解していないということはよくある話だったりする。

「小梅は明日の朝、資料をコピーして束にする手伝いをしてくれ。元老院メンバーはアナログが好きだしな。資料も紙だ、紙」

「イエッサー」

「疲れてたら、今夜は先に寝ても構わないぞ」

ちらりと見ると、龍人さんはこちらを見ない。その言い方だと、待っていてほしいように聞こえる。

「家事がいろいろあるんで、龍人さんがお仕事してる横で片づけてますよ。一緒に寝ましょうね」

「別に一緒に寝たいなんて、言ってない」

「そう聞こえましたー」

ふふふと笑うと、龍人さんが照れ隠しなのか、ことさら険しい顔になる。

「じゃあ、食後、お風呂は先にいただきますね」

「やっぱり一緒に入りたいか？」

「そんなこと言ってないでしょうが！」

そりゃ、そういう関係にはなったけれど、お風呂を一緒になんて恥ずかしい。それにさっき龍人さんが言っていたように、お風呂どころじゃなくなっちゃう。……のぼせるし、龍人さんも仕事どころじゃ……。

ハッと龍人さんを見ると、ニヤニヤ笑っている。さっきの仕返しのつもりなのか楽しそうだ。

「今、小梅が何を想像していたか当ててやろうか？」

「結構ですよ！　もう、早く食べちゃってください！」

結局、お風呂にこそ一緒に入らなかったものの、龍人さんの仕事が終わるのを待って抱き合って眠った。お互いの肌をたどり、キスを交わし、じっくりと温め合う。

初めての日から、ほとんど毎日こうして身体を重ねている。理由はすみやかな妊娠のため。

そのはずなのに、私は龍人さんからもたらされる甘い快楽に溺れている。そして、うぬぼれでなければ龍人さんも私を抱くことに夢中になっているように見える。

ベッドの中の彼はものすごく真摯で熱い。『小梅』と私の名を呼ぶ声は切ないくらいだ。

彼を突き動かしているのは恋じゃない。だけど、新しい刺激に無反応ではいられないのは、男性として自然なことだと思う。特別な関係は期間限定だからこそ、燃え上がってしまうのかもしれない。気持ちは伴わなくていい。

私たちは当初の計画通り、身体を繋ぐ。それだけだ。


「順調そうじゃん」

この日、秋村とランチに来ているのは近所の定食屋。安くて美味しいいつもの店は今日も賑わっている。

「順調といえば順調かなー」

私はお冷やを口に運んでから、答える。照れくさいので、どこかぶっきらぼうな口調になってしまった。

秋村には無事に初夜を迎えた後にきちんと報告を済ませてある。龍人さんが秋村に嫉妬していた件や、気づいてしまった私の恋心については内緒だ。私と龍人さんの関係が終われば、そんなことはすべて無意味だもの。

「あのさ、おまえと社長がそういうことになって、あとは妊娠を待つばかりだけど、妊娠したら実家に戻るのか？」

「うん、安定期に入ってからね」

「それって確定なの？」

私は首をかしげる。どういうことだろう。秋村がなおも尋ねる。

「いや、普通にその子をふたりで育てるって選択肢はないのか？　社長と駒形が結婚して」

「結婚」

私は驚いて繰り返した。それから慌てて、ぶんぶんと首も手も横に振った。

「ないない、あり得ない。あの人は、結婚したくないから、私に子どもを産ませるんだよ。跡継ぎだけが必要なの！」

結婚する気があるのなら、そもそもこんなことになっていない。

何度もしたお見合いの時点で、条件のいい、ちょっとでも好きになれそうなお嬢様を選べばよかったのだ。彼のスペックを持ってまともにお見合いに挑めば、成功しないはずがない。

「気ままに独身生活を送りたいんでしょ。家族に縛られるのが嫌なんだよ」

「でも、子どもの父親としては、この先も関わっていくって言うんだろ？」

「それは義務だと思ってるみたい。大人になったら郡家に入る予定の子だから、父親や郡家の人たちとは交流を持たせるべきだとは思うんだよね。ちょくちょく会っていれば、良好な関係ではいられるんじゃないかな」

まだ妊娠していないけれど、未来の赤ちゃんのことを想像しながら話す。七五三のお参りに行く龍人さんや、幼稚園の運動会を見に来る龍人さんを想像すると、ちょっと面白い。

「父親として存在感があるのは助かる。でもあの人、根が面倒くさがりでしょ？　産後はまた、私にハウスキーパーに来いって言うんだよ。らしいよねぇ」

「……おまえ、それってさあ」

秋村が何か言いかける。そこに私たちが注文した日替わり定食がふたつやってきた。揚げたてのアジフライに目を奪われ、一瞬秋村との会話を忘れた。

「え、あ、なんだっけ」

「なんでもない。まあ、いいんじゃね？　おまえと社長のことだし」

「迷惑かけたり、こじれたりするようなことはないから安心してよ」

そう、私は理解している。私と龍人さんの関係に先はない。

彼は好きでいていいって言ってくれた。それは恋愛経験ゼロの私への優しさだ。案外、一時の気の迷いくらいにとらえているかもしれない。

それなら、それでいい。

私の心に芽生えたこの温かな気持ちは私ひとりのもの。私は未来を望まない。むしろ、彼の未来を授かることができる。

充分幸せだ。


肌を合わせれば合わせるほど、私と龍人さんはしっくり馴染んでいくようだった。

この五年間は確かに私たちの間に存在している。雇用主と被雇用者だった時間。偉そうな社長と口の減らない部下だった年月。それらを踏まえて、今こうして抱き合う瞬間を自然に思える。

龍人さんだから、この依頼を受けた。身体を重ねることに恐怖心があったのは、龍人さんとの関係を変えたくなかったからだ。このままならずっと一緒にいられる。そんな気持ちが私の深層心理にあったのだろう。

勇気を出して融け合えた今が愛しい。私たちはなるべくしてこうなった。彼の腕の中にいると、そんな気さえしてくる。

抱き合った後、龍人さんは眠りについた。私も同じようにまどろんでいたのに、ふと目が覚めてしまった。身体を起こし、隣の安らかな呼吸を聞きながら彼の艶々と黒い髪を撫でた。

幸せだ。

龍人さんの特別な存在になれた。

彼はこの先、誰かと恋をするかもしれない。その人と結婚するかもしれない。それでも、彼の子を産むのは私。他の女性と子どもをなしても、彼の最初の子どもを産むのは私。

もらいすぎだ。幸福は私の手に収まる程度でいい。私の手はちっぽけでたいした量はのらないのだから。

「小梅」

かすれた声が聞こえた。うつ伏せの龍人さんが薄く目を開けて、シーツの隙間からこちらを見ている。

「起こしちゃいましたか？」

「別にいい。眠れないか？」

「なんとなく目が冴えちゃって」

私は笑って、自分の裸のお腹をさする。

「赤ちゃん、できましたかねえ」

一週間、毎晩のように愛を交わしている。基礎体温は安定しないからわからないが、うまくすれば、そろそろ受精卵ができている可能性もある。

「それなんだけどな」

龍人さんが一瞬言い淀んで、それから口を開いた。

「しばらく、避妊しないか？」

「え……」

私は言葉を失った。

避妊。なんでだろう。赤ちゃんを授かるのが目的なのに、どうして避妊するの？

もしかして、やっぱり私じゃ駄目？　気が変わってしまった？

狼狽し、言葉を探す私の手をぎゅっと握り、龍人さんが身体を起こした。私の顔を覗き込む。

「誤解するな。計画はそのままだ。いずれ子どもを産んでほしい」

「それなら、避妊なんて……」

「小梅は、やっとこういうことに慣れたばかりだろ」

龍人さんが言葉を選んで、わずかに黙る。

「抱き合うことの心地よさも満足に知らないうちに、妊娠させるのは忍びない。おまえが嫌じゃなければ……その、もう少しの間、俺に男として奉仕させてくれ」

それは性的な喜びを教えてくれるということだろうか。

それなら、もうこの一週間で毎夜のように身体に刻みつけられている。彼の腕の中で、恥ずかしいくらいの声と表情を見せているのに。さらに毎晩熱い愛をほどこされたら、溺れきってしまいそう。

だけど、妊娠を先延ばしにできるなら……龍人さんと一緒にいていい時間が増える。このまま、手を離してしまうのは惜しい。というより、苦しい。

「もちろん、この一週間でもう授かってしまっているなら、この件はなしなんだが」

「あの、避妊……しましょう。ありがたく、お受けします。龍人さんのご厚意」

私はおずおずと答えた。それからしおらしい自分が恥ずかしくなって、照れ隠しににっと笑ってみせる。

「こんなイケメンとベッドをともにする機会、この先ないんですから、味わえるうちにたっぷり味わっておきます」

「現金だな」

「私、もらえるものはもらっておく主義なので」

優しいことを言ってくれるのは、私が好きだって言ったから？

それなら、もうこれ以上は甘えないようにしよう。彼はもっともっと私に与えようとしてしまうから。

私は彼の赤ちゃんを授かれれば充分幸せ。その前に夢みたいな恋人の時間までもらったら、幸せでおかしくなってしまいそう。これ以上、私の心を甘やかさないで。

「龍人さん、ありがとうございます」

龍人さんが顔の角度を変え、私の唇を塞ぐ。それから、抱き寄せてきた。

「もう一回、したい」

「はい、抱いてください」

自分でも大胆だと思いつつ、龍人さんの首に自ら腕を回した。今は龍人さんだけの私だ。


その日から、私と龍人さんは本物の恋人同士のように過ごした。

ともに目覚め、朝食をとり、お互いに仕事を終えたら同じ家に戻り、一緒に過ごす。夜は抱き合って眠る。

休日はいつまでもベッドの中で愛を交わし、怠惰な恋人の時間を楽しんだ。

そうでなければ、ふたりで私の実家に遊びに行ったり、日用品を買う散歩に出かけたりする。老舗の鯛焼きを並んで食べたり、コンビニの肉まんを半分こにしたり。冷えた手は龍人さんが繋いでポケットにしまってくれる。そんな大学生みたいなデートもした。

私が顔を上げれば、当然のようにキスをくれる龍人さん。私が望めばどこまでも甘やかし、安心させてくれる。束の間《つかま》のごっこ遊びは、おとぎ話みたいに明るい色に彩られている。

もしかすると、龍人さん自身もこんなふうに誰かを『恋人』にするのは久しぶりなのかもしれない。私に触れる手も、私を見つめる目も、全部全部優しい。彼自身が、まるで確認するみたいに私との時間を過ごしている。

ねえ、龍人さん。私、このことを思い出にして持っていていいですか？

いつか私たちの子どもに話していいですか？

お父さんとお母さんは、別れてしまったけれど、愛があったのよ。お互いを大事に想ったから、あなたが生まれたのよ。

そう話していいですか？

だって、私は今、一生分の恋をもらっているんだもの。

「小梅、こっちだ」

強い風の吹く夕刻、私と龍人さんはオフィスを並んで出て、帰路についていた。夕方といっても、冬至目前の時期。すでにあたりは真っ暗だ。

靖国神社を横目に、靖国通りから一本入った路地を、落ち葉を踏みしめて歩く。

「別々に帰ってたんですけどね、前は」

「もう今さらだろ。みんな、気づいてる」

龍人さんはそう言って、私の手を握る。

私たちはこの契約に関することは何も言っていない。オフィスではいつも通りの上司と部下だし、軽口も文句も叩き合っている。

しかし、ふとした瞬間に流れる濃密な空気は、周囲にも感じ取れるようだ。

「みんな付き合い長いからな。俺と小梅に何かあったって察してる」

「秋村に言われちゃいました。『前は熟年夫婦みたいだったけど、今は付き合いたての高校生カップルみたいで初々《ういうい》しい』って」

「秋村め、言いたい放題か」

龍人さんがむっとした顔をする。

風がざあっと吹き、枝だけになったケヤキや葉の茂るクスノキを揺らした。神社の木立の上に月が見える。

きりっと冷えた冬の夜の空気。年末の気配。この慌ただしい感じが昔から好き。

「小梅は子どもの頃から苦労し通しだな」

ふと龍人さんがそんなことを言う。私は見上げてふふ、と笑った。

「なんですか、急に」

「桃太と桜子の面倒を見始めたのは小学生の頃だろう。中学も高校も、ろくに遊んでいないんじゃないか。俺と会ったときも、バイトに明け暮れていたし」

「ちょっと忙しかったですけどね。家族を営むのって誰しも大変じゃないですか。龍人さんだって、家族のために後継者作りを決断したわけですし」

「それにしても、おまえは長い間頑張りすぎだ」

龍人さんは私を見なかった。立ち止まったまま、木立の向こうの冷たい色の月を見ている。

「小梅さえ、よければ――」

龍人さんが何か言いかけた。そのとき、ひときわ強い風が木々を揺すり、そのごうっという音が鼓膜に響いた。目をつむり、そろそろと開ける。

「はい、なんですか？」

「……いや、なんでもない」

龍人さんはもう言う気がなくなってしまったようだ。

何を言いかけたのだろう。何が言いたかったのだろう。

問いただささずに、私は龍人さんと繋いだ手を強く握った。この人と寒空の下、月を見上げている一瞬の方が大事。きっと、必要なことならいつかは話してくれる。

私たちは帰り道に温かなお蕎麦を食べて帰った。お腹も胸もほこほこと温かく、すごく幸せな気持ちだった。


帰宅すると、龍人さんのスマホに着信が入っていた。液晶を見て、呟く。

「兄貴から着信があったみたいだ」

「歩いていて気づきませんでしたね。急ぎだとまずいので、かけ直した方がいいですよ」

龍人さんはスマホを耳に押し当てる。数コール響いたのが聞こえ、通話が繋がる。

私はふたり分のコートをハンガーにかけ、鴨居《かもい》に吊《つ》るした。

「え……」

龍人さんが吐息のような声で言った。私は振り向いた。一瞬、妙な空気が流れた気がした。

「そうか、それは……よかったな。おめでとう。よろしく伝えてくれ」

私に背を向け、龍人さんが何か言っている。私はいぶかしくその背を眺める。

おめでとう？　いいことがあったのかな。でも、なぜ龍人さんはこちらを見ないの？

通話を終え、龍人さんが緩慢な動作で振り向いた。その表情には明らかな狼狽が見える。私の顔を見て、急いで無表情に変えると、彼は言った。

「怜子さんが自然妊娠したそうだ」

「……え」

怜子さん。龍人さんの義姉。

不妊に悩んでいた怜子さんが……妊娠？

「おめでとうございます！」

私は反射的に叫ぶように言った。

「や、やりましたね！　これで郡家に跡継ぎができますよ！」

言いながら、頭の中は混乱でぐるぐると回っていた。龍臣さん夫妻に子どもが生まれる。
つまりは龍人さんが子どもをもうける必要がなくなる。
私は？
契約で彼の子どもを産む予定の私は、どうなるの？
子どもを産む理由がなくなってしまう。
龍人さんのそばにいる理由がなくなってしまう。

8．雪降る聖夜

クリスマスイヴの前日、私は実家に戻っていた。仕事は休んでいない。宿泊をこちらにしているのは、家族で過ごすクリスマスのためだ。

これは少し前から決めていて、龍人さんにも了承を得ていた。桃太と桜子は中学生。家族でクリスマスを過ごせるのもあと少ししかないかもしれない。祖父もホームからこちらに宿泊に来てもらい、家族でケーキを食べ、プレゼントを贈り合いたかった。

龍人さんにも来ないかと誘ったけれど、『家族水入らずで過ごせ』と固辞されてしまった。

龍人さんと私はあれからちゃんと話せていない。

あの日はお互い言葉がうまく出てこずに終わってしまった。翌日、仕事の後、龍人さんは実家に戻り、龍臣さん夫妻やご両親とあれこれ話してきたようだ。しかし、その結果を聞く前に、私は私でこの実家帰省の日となってしまった。

正直に言えば、少しだけホッとしている。引導を渡されるのが先になったのだ。

怜子さんが妊娠した。このまま跡継ぎが生まれれば、私の役目は完全になくなる。

現時点で私は妊娠もしていない。よって契約は終了。

龍人さんのことだ。我が家にもたらされるはずだった恩恵は、この先も可能な限りは維持してくれるだろう。まさかのことで契約書にも明記しなかったけれど、向こうの一方的な事由による契約破棄にはあたる。

そんなことを抜きにしたって、龍人さんはきっと駒形家を思いやった行動を取ってくれるだろう。

私が不安定な気持ちでいる理由はそこじゃない。

龍人さんのそばにいられなくなる。この幸福な恋人同士の距離はおしまいなのだ。

仕方ないじゃない。自分に言い聞かせる。

最初からわかっていたことだ。彼は結婚する気がない。気ままな独り身でいたい人だ。

初恋を知った私のために一時的に甘やかしてくれただけ。

そばにいる理由がなくなり、抱き合う理由がなくなったら、私たちは上司と部下に戻るのだろう。私は再びお世話係だ。大丈夫、わかっている。

「姉ちゃん！」

大きな声で呼ばれ、私はびくんと肩を揺らした。

見れば、隣に座って洗濯物を畳んでいた桃太が私の顔を覗き込んでいる。

「姉ちゃん、聞いてる？　明日の買い出し。学校終わってから、俺と桜子で行くから」

「あ、ああ、ありがとね！　うん、オッケーオッケー」

明るく答えたのに、焦っていることは隠しようもないのか、桃太が変な顔をする。

「姉ちゃん、帰ってきてからずっと変な顔してる」

「失礼だなあ、姉の顔を変とは」

「そうじゃない。ごまかさないでよ」

桃太が真剣な顔をしている。

「社長となんかあったの？」

咄嗟《とっさ》にごまかす文句をたくさん思い浮かべた。でも、私はそのどれひとつだって口にしなかった。

桃太はもう十五歳だ。我が家にやってきたときの一歳の赤ちゃんじゃない。

もう、ある程度のことはわかる。

私は困った顔で笑い、なるべく嘘をつかないように言葉を選んだ。

「喧嘩《けんか》とかじゃないよ」

「あのさ、姉ちゃんは金持ちだから社長と結婚するんだろ？　それは俺と桜子のため？」

驚いた。そんなことを考えていたのか。

桃太がなおも言う。

「郡社長に、秋くらいに言われたんだ。受験する高校、私立でもいいって。大学や海外留学なんかも考えていいって。姉ちゃんと婚約するって聞くより前の話」

これも驚いた。龍人さんはそんな話を桃太にしていたのだ。私との契約が持ち上がったのが九月の末。その頃だろうか。

「それって郡社長が学費を出すってことだろ？　姉ちゃんが妻になるなら、俺ら義理の弟と妹だもんな。でも、そんな理由で結婚するなら、やめろよな！」

桃太がキッと私を見据え、力強く言った。

「姉ちゃんは俺と桜子にとっては母ちゃん代わりだと思ってる。めちゃくちゃ感謝してるよ。だけど、俺たちのために、これ以上自分の人生歪めないでよ。金なら、俺が働いて稼ぐから。高校に入ったらバイトするし、高卒で警察官か自衛官になろうって考えてるんだ。だから……」

私は畳んでいた靴下を横に置き、桃太の手をぎゅっと握った。

大きくなったなあ。私の幸せまで考えてくれるようになったんだ。家族のためにお金を稼ぐなんて言う年齢になったんだ。

私は桃太に告げた。

「あのね、姉ちゃんは龍人さんのこと、ちゃんと好きだよ」

桃太がぽけっと口を開ける。私は照れ笑いをして、続けた。

「好きな人だから一緒にいたいって思ったんだよ。それは姉ちゃん自身の気持ち。あんたたちには関係ないところ。……でもさ、男の人と女の人って、好きだけじゃうまくいかないときもあるんだよ。どっちも悪くないけど、お互いどうしようもなくなって言葉に詰まってしまうことがあるんだ。今はたぶん、そういう時期」

大きくなった弟に、まだすべては話せない。しかし、私の気持ちの部分で変な誤解をさせたくない。

きっかけは家族のためだった。今、私は自分の気持ちで龍人さんといたいと思っている。許される限り。

桃太が眉尻を下げ、ほうっと息をついた。強張っていた身体の力が抜けるのが見て取れた。

「そっか。なら、いいんだ。姉ちゃん、俺と桜子のために自分の楽しいこととか全部放り出してきたと思うし。もう、そういうのやめてほしいから」

「ありがとね。でも、大丈夫。姉ちゃんは姉ちゃんの人生もちゃんと考えてる。自分で納得できるように生きるつもりだよ」

私は桃太の短い髪をくしゃくしゃと撫でた。

「明日のイヴさ、郡社長は呼ばなくていいの？　姉ちゃん、社長のこと好きなら一緒にいた方がいいんじゃない？」

「イヴは家族でパーティーって前から言ってるもん。龍人さんも誘ったけど、用事あるみたい」

少しだけ嘘を交えて、私は龍人さんを想った。

そうか、ごっこでも恋人のように過ごせる最初で最後のクリスマスだったのか。せっかくの機会を棒に振ってしまったな。

「あ、桜子とケーキ作るんだろ？　少し、持っていってやれば？　社長に」

桃太が提案する。私は少し考えて、頷いた。

「そうだね。ふたりが寝た後、ケーキだけ届けに行ってこようかな。遅い時間帯なら、龍人さんも家にいるかもしれないしね」

翌日の夜は、駒形家でのクリスマスパーティーだった。

桃太と桜子と三人でご馳走を作り、桜子とは初めてスポンジケーキを焼いた。生クリームとフルーツでデコレーションし、チョコレートの飾りをのせてクリスマスケーキ仕様にする。

祖父は夕方に迎えに行き、祖母とふたりで準備が終わるのを待っていてもらった。きょうだい三人が慌ただしくパーティーの準備をしているところを、祖父母は楽しそうに見守っていた。

それから、ご馳走を並べてみんなでクリスマスパーティーをした。ジュースで乾杯をして、お腹いっぱいになるまで食べた。

ここ数年恒例なのは、私からみんなへのプレゼント。祖父母には柔らかな肌着と靴下、そして暖かな毛布を準備した。桃太には新しいスニーカー、桜子にはお出かけに使えそうなショルダーバッグを贈った。

祖父母は私たちに、少ないけれど、とお小遣いをくれて、桃太と桜子は私にオフィスで使える百円ショップ用品の詰め合わせをくれた。ささやかでいいパーティーだ。

「お姉ちゃん、ケーキ切ろう」

桜子と作ったケーキは思いのほかいい仕上がりだった。スポンジ生地が市販のものよりぱさっとしているものの、味はちょうどいい甘さ。苺は高いのでやめて、代わりに缶詰のフルーツをたっぷり挟んだ。

「美味しいわねぇ」

「よくできてるなあ」

祖父母も喜んでくれ、満足のいくケーキとなった。ひときれだけワックスペーパーを引いた保存容器に取っておいたのは、龍人さんのため。

その晩は、久しぶりに家族五人でたくさん話をした。

祖父母が寝室に入り、後片づけを終えると、桃太と桜子も自室へ。明日の朝食の仕込みをすると、二十三時を回っている。

私はコートを着込み、さっき取っておいたケーキを保冷バッグに入れた。ぐらぐらしないようにタオルで固定し、さらにバッグへ。

自転車の籠に入れて、龍人さんのマンションに出発した。

イヴの夜は冷え込んでいた。空は曇天で、星も見えない。手袋とマフラーをしても、風を切って自転車に乗るのはためらわれる気温だった。

そんな中、龍人さんの元へ向かう。ほっぺたと耳が冷たい。

龍人さんは起きているだろうか。案外、那賀川さんと飲んでいるだろうか。

いやいや、妻子持ちの那賀川さんをイヴの日まで連れ回さないだろう。

寝ていてくれればいい。そうすれば、このケーキを冷蔵庫にしまい、メモを残して帰るだけ。

明日目覚めた彼は、私が来たことを悟るだろう。

「何やってるのかな、私」

無理してケーキを届ける必要はない。今日は会社で会っているし、うちの家族によろしく伝えてくれと言われた。明後日には彼のマンションに戻るのに。これじゃ、私が龍人さんに会いたいだけだ。

寝ていてほしいと思いながら、ひと目会いたいと思っている私は変だ。

マンションの駐輪場に自転車を置き、最上階の部屋へ。合鍵で室内に入る。室内は暗かった。

リビングに入り、どくんと心臓が鳴り響いた。

ウッドデッキを臨む窓辺の椅子に腰かけ、龍人さんが外を眺めている。カフェテーブルにはロックのウィスキー。

龍人さんはうたた寝していたようだ。ドアの開く音で目覚めたのか、ゆるゆると首をこちらに巡らせる。私を見つけ、わずかに目を見開いた。

「小梅……」

「ケーキを、届けに。作ったんです」

私は言葉を探して、急くように言った。どうしていいかわからないほど、龍人さんに会えて嬉しかった。

長く離れていたわけじゃない。それなのに、こうして視線が絡めば、嬉しくて愛しくて胸が震える。

どうしよう。こんなに好きになってしまった。

それなのに、もうじき私たちの恋人ごっこは終わる。

窓辺に歩み寄った私の手から保存容器入りのバッグを奪い、龍人さんがカフェテーブルに置く。それから私の手首をぎゅっと掴んだ。

龍人さんの黒い瞳に、外の明かりが反射している。なめらかで透明感のある宝石のように見えた。

名前を呼ぶ前に腕を引かれ、椅子にいる彼に倒れ込んでしまう。顔を上げると唇を塞がれた。

正直に言えば、期待していた。龍人さんのキスを。

「りゅ、うとさ――」

「黙ってろ」

それ以上喋らせないと言わんばかりに、強引に唇を奪われ続ける。私は抗うどころか、彼の太腿《ふともも》をまたぐように座り、頭を抱えて引き寄せ、キスを深く導いた。

唇だけじゃ飽き足らない、と龍人さんの手が私の背や腰を這う。キスが頬や額、首筋に落とされる。

「龍人さん、ケーキ」

「小梅が先だ」

刻印するようにきつく鎖骨にキスをし、龍人さんがささやいた。

「雪がちらついてきた。自転車だろ。危ないから、朝までいろ」

見れば、ウッドデッキに舞い落ちるのは小さな雪の欠片《かけら》。細かい粉雪がちらついている。積もる前に帰らなきゃと思いながら、私はもうこの腕から抜け出せない。

互いの気持ちを言葉にしないまま、私たちは夢中で抱き合った。

オフィスの年末大掃除も終わり、仕事納めの日となった。常郡パスシステムは明日より冬期休業に入る。年明けは五日からの営業なのでちょうど一週間の休みである。

帰って龍人さんのマンションも大掃除をしなければいけないところだけれど、それは明日に回そう。今日、私と龍人さんには行くところがある。

午後の早い時間に年内営業を終え、オフィスを出た私たちは一度マンションに戻った。着替えて、出発したのは龍臣さんの家だ。

龍臣さん夫妻は、ご実家とは目と鼻の先にある品川のマンションで暮らしている。今日、私と龍人さんは怜子さんの妊娠のお祝いにお伺いするのだ。

「お花とお菓子、でいいですかね」

準備したお土産を手に、龍人さんの車の助手席に乗り込んだ。運転席の龍人さんが頷く。

「つわりもないようだから、なんでも食べられるだろ」

「もっと気の利いたものがよかったかなあ。赤ちゃんグッズとか」

「気が早すぎだ。まだ安定期に入っていないし、あまりおおっぴらに騒がない方がいい」

実際、安定期に入るまで祖父母、曽祖父母には妊娠のことは告げないそうだ。確かに、これでもし赤ちゃんに何かあったら、怜子さんが責められるかもしれない。怜子さんが悪くなくても、そういうことをする方々らしいし。

つまりは、私の任期は怜子さんが安定期に入るまで、で間違いなさそうだ。

私たちははっきりしたことを話し合うのをお互い避けていた。

龍人さんは今現在、私を必要としている。執着に似た感情を持っている。

だけど、それすなわち恋ではないのだ。

跡継ぎの出産という理由を取っ払ってしまえば、私たち個人が抱き合う理由もなくなる。

龍人さんが言葉にしないのは、私への未練があるからだろう。うぬぼれていいなら、彼はほんの少しだけ私のことを想っている。

だからこそ、私から言おう。ずるずる続けていてもいい関係じゃない。

彼の一時の感情に縋って自分の恋心をぶつけても、いずれは破綻する。もともと身分だって違うのだ。私からこの先の相談をしよう。

「小梅、年末は？」

運転しながら龍人さんが尋ねる。

「三十一日に実家に戻ります。龍人さんもご実家でしょう」

「俺は顔を出してくるだけだ。年始に一度」

「じゃあ、三十一日の夜にお蕎麦を届けに来ますし、元日の朝にはおせちとお雑煮を届けに来ますからね」

フロントガラスを見つめる龍人さんは、不本意そうに眉をひそめてぼそりと呟いた。

「年末年始まで気を使う必要はない。俺はひとりで大丈夫だ」

「そうですよね。龍人さん、本当はひとりでなんでもできちゃうんだもん」

なんとなく、自分の声が寂しそうに響いてしまった。そして、龍人さんもそれについては何も答えない。

ふたりきりは居心地が悪いわけじゃない。それでも、お互い決定的な言葉を避け続けて数日過ごしているせいか、違和感と不自然さは拭い去れない。

車は龍臣さん夫妻のマンションへ到着した。

「龍人、駒形さん、本当にありがとう」

玄関で、龍臣さんが出迎えるなり頭を下げてきた。私は靴を脱ぐのもそこそこに頭を下げ返す。

「いえ、お役に立てませんでした」

「そんなことないよ。駒形さんのおかげ。怜子のストレスを取り除いてやれと医師には言われていたからね。ありがとう」

龍臣さんが嬉しくてどうしようもないという表情で、私に何度もお礼を言う。

「龍人くん、小梅さん、来てくれてありがとう」

キッチンからいい香りとともに怜子さんが現れた。ミトンをした手にはオーバル型の大きなココット。チーズとソースがぐつぐつ音をたてている。

ラザニアだろうか。今日は手料理を振る舞いたいと言われて来たのだ。

「怜子さん、そんなに気を使わなくていい。体調のこともあるし、ゆっくりしていた方が――」

「平気よ」

龍人さんを遮るように、怜子さんは自信満々の顔をする。

「もうつわりが始まっていてもいい時期なんだけど、軽い吐き気しかないの。どちらかというと、何か食べていないと気持ち悪いから、こうしてしょっちゅういろんなものをこしらえてるのよ」

テーブルにはすでに自慢の手料理がところ狭しと並んでいる。ラザニアにサラダ、チキンのパン粉焼き、小さくて可愛いピンチョス。

怜子は料理が得意なんだ、と龍臣さんも得意げだ。ほほ笑み合う夫妻が、宿った新しい命をどれほど喜ばしく思っているかが伝わってくる。

ああ、そうだ。

赤ちゃんって、きっとこんな人たちのところにやってこなければいけないんだ。私が欲得ずくで望んでいいものじゃなかったんだ。

あるべき正しいふたりの姿は神々《こうごう》しくて、私には宗教画のように映った。


怜子さんの手料理をいただき、赤ちゃんについていろいろ聞いた。待望の赤ちゃんを安全に出産できるよう、夫妻はいろいろ調べているそうだ。

「龍人くんと小梅さんには、ご迷惑をおかけしてしまってごめんなさい」

怜子さんが頭を下げる。私はぶんぶんと首を左右に振り、答える。

「いえ、私のお役目がなくなることが、一番いいことだと思います。おふたりの赤ちゃん、私も嬉しいです」

「龍人」

龍臣さんが龍人さんを呼ぶ。

「駒形さんとそのご家族には、誠意ある対応をするんだぞ。ここまで何ヵ月も協力してくれたんだ」

秋に相談されたこの話。気づけばもう三ヵ月の時間が経っていた。引き受けたときは、こんなに早く終わってしまうものとも思わなかった。

龍臣さんが私に言う。

「駒形さん、龍人との間に契約の取り交わしがあるんだろう？　その内容よりも上乗せでいいから、今後必要な経費を請求してくれ。きみの人生を振り回してしまったお詫びをしたい」

「兄貴」

龍人さんが、ここにきてようやくこの話題に入ってきた。

「心配しなくても、小梅には俺が充分な対価を払う。駒形家にも詫びを入れる。こっちに任せてくれ」

気を回さなくていいというニュアンスを感じ取れた。同時に、龍人さんはちゃんと私との関係の終わりを見据えているのだとわかった。

やっぱり、私から言わなくちゃ。戻ったら話そう。龍人さんの部屋から出る時期を、私たちが上司と部下に戻る時期を。

そこから先は龍人さんと龍臣さんの仕事の話が中心になり、私と怜子さんは聞き役になることが多かった。ともすれば、三人の昔話を聞かせてもらったり、大人になってからの失敗談を聞かせてもらったりと退屈する暇のない会だった。

途中で使い終わった食器を下げ、お茶を淹れ直す。私も怜子さんの手伝いでキッチンに入らせてもらった。お招きいただいたからって、妊婦さんにばかり仕事をさせていられないものね。

「小梅さん、本当に感謝しています」

しみじみと怜子さんが言った。男性ふたりには聞こえない位置なので、私にだけ伝えたいのだろう。

「いえいえ、本当に何もできませんでした。龍人さんからお話を聞いているかと思いますが、私ってば最初は随分臆病風に吹かれてしまいまして。なかなか事に及ばず、龍人さんにも怜子さんにもご迷惑をかけてしまいました」

龍人さんが怜子さんに相談していたはずだ。私が拒否するから先に進めない、猶予が欲しい、と。

「龍人くんは小梅さんに無理を強いたくないから、もう少し待ってくれって言っただけよ。すごく小梅さんを気遣ってるのが伝わってきた。私からしたら、ふたりがお話を受けてくれただけで随分救われていたから、全然問題なかったの。すごくすごくありがたかった」

怜子さんはわずかに黙り、それから自嘲気味にほほ笑んだ。

「私ね、一時、本当に病んでしまっていたの。自分が役に立たない生き物のような気がして」

こんな話を聞いてしまってもいいのだろうか。

いや、怜子さんは私に言いたいのだろう。私はかすかに相槌を打つ。

「どんどん自分を追い詰めていく性格、本当によくないのよね。泣いたり怒ったり、情緒が不安定で、龍臣のことも追い詰めてしまった。義理の両親も……。でも、小梅さんと龍人くんが私の重たい部分を肩代わりしてくれた。ふたりのおかげで気持ちがラクになって、それが妊娠に繋がったって思っているのよ」

怜子さんが深々と頭を下げて言った。

「小梅さん、ありがとう」

「いえ、もったいないお言葉です」

この機会がなければ、私は龍人さんに感じていたほのかな気持ちをずっと気のせいだと思い、蔑ろにしていただろう。

私は初恋に気づけて嬉しかった。最初の男性が龍人さんでよかった。赤ちゃんは授かれなかったけれど、結果としてはきっと一番いい。

「あのね、小梅さん。でも、龍人くんのことはこれからもよろしくね」

おずおずと怜子さんが付け足す。私は首をかしげて、苦笑いを作る。

「これからもお世話係のお仕事は続けろとのことです。面倒くさがりなんですよね、龍人さん」

「それはきっと小梅さんだからよ」

怜子さんが優しくほほ笑んだ。

「龍人くんってね、ああ見えてすごく内向的で慎重な子どもだったの。人見知りだし、自分の心の内側に人を入れない子だった。大人になって、そりゃ少しは変わったかもしれない。でも、小梅さんほど気を許している人は初めて見たわ」

「部下のひとりですよ。他にも彼に信頼されている部下はたくさん……」

「部下にあんな甘え方しないわよ。信頼できるからって、自分の子どもを産ませる？龍人くんは無自覚なところもあるみたいだけど、今日だってずーっと小梅さんに寄り添ってる。最初に会ったときより、ずっと親密に見えるわ」

「そんな……」

言いながら頬が熱くなってきた。

どうしよう、怜子さんの言葉が嬉しい。もう彼から離れなきゃならないのに。

「龍人くんと話してあげてね。これからもお世話係をしてほしいって意味を、汲《く》んであげて」

私は言葉が出てこず、ただこくんと頷いた。


帰路、龍人さんが運転する車の中でどちらも無言だった。

怜子さんはあんなことを言っていたけれど、龍人さんとこの先のことを話し合わなければならないのは確かだ。もう先延ばしにしない方がいい。彼もまた、私に礼をするという趣旨の話を龍臣さんにしていた。

「龍人さん、少し散歩をしませんか？」

マンションに到着し、車のエンジンを切ったタイミングで言った。龍人さんは少し考えるように黙り、「ああ」と答えた。

年の瀬の夜、都心ど真ん中は閑散としている。繁華街なら人が多いかもしれないが、こうした住宅やオフィスビルが建ち並ぶ地域は静かだった。路地を麹町方面に並んで歩いた。

「怜子さんの赤ちゃんが安定期に入ったら、実家に戻ろうと思います」

切り出したのは、交通量のある新宿《しんじゅく》通りに出たときだ。大きな通りの明るさに一瞬目がくらんだ。

交差点で立ち止まり、ようやく龍人さんを見ると、その横顔は硬かった。

「無事に赤ん坊が生まれるまで、同棲は解消しない」

答える口調も強張ったものだ。

私は彼を見ずに青信号を渡りだす。もう少し歩くと有名なホテルがあり、その向かいが散策できる公園だったはず。そのあたりまで歩こうと、なんとなく目算をつける。

交差点を渡って、大学のキャンパスや公園のある方向に曲がると、再び閑散とした道になった。

「それが契約の一部なら、従います。だけど、私の役目ってもうないですよね。赤ちゃんは産まなくていい」

龍人さんは答えない。

「私は龍人さんとはこれ以上暮らせないです」

喉の奥がぐっと詰まる。鼻がツンと痛い。お互いにわかっている。この恋人ごっこは有限だった。

「簡単に言うんだな」

龍人さんの声が傷ついていた。

私は力なく首を左右に振った。断じて簡単な言葉じゃない。言おうとした言葉より先に涙が滑り落ちた。

ほろほろと頬を滑り落ちていく雫《しずく》で、もう彼の顔を見られなくなった。しかし、泣いていることは隠しようもなく、龍人さんが私の肩を掴んだ。人気《ひとけ》のない路上で強引に振り向かされる。

「小梅」

「あなたが好きだから、境目がなくなるのが怖いんです」

告白とともに、新たな涙が頬を伝った。

「龍人さんが結婚する気も、恋愛する気がないのも知っています。知っていて、契約にのったんです。でも、私、あなたへの気持ちに気づいてしまいました。あなたが拒絶しないのをいいことに甘えてしまいました。あなたに特別扱いしてもらっているうちに勘違いしてしまいました」

最後の方は感情を押し殺そうとして、唸るような低いかすれ声になってしまった。

「龍人さんは私のボスです。理由なくそばにいていい人じゃない。こうして理由がなくなった以上、あなたには触れません。一緒に寝起きすることもできません。私の心が……もたないから……」

「そばにいろ」

龍人さんの黒い双眸が私を射抜いた。怖いくらい真剣な顔をしていた。

「そばにいればいい。この先も。子どもなんか関係ない。理由なんかいらない」

「じょ、上司と部下に、戻れないです、それじゃあ」

かぶりを振り、しゃくり上げながら必死に反論する私を、龍人さんが力ずくで抱き寄せた。

「りゅ、うと、さん、離して」

「俺が小梅といたい。どうしたらいい？」

どくんと鼓動が身体に響く。

私の心音？　龍人さんの？

「龍人さん……」

「俺の全部を小梅に預けてるんだ。簡単に放棄していくな。俺は今がいい。小梅との五年間で、今が一番いい。小梅と飯を食って、小梅を抱いて眠りたい。毎日、毎日そうしたい」

乱暴なくらいの抱擁は、私を逃がさないためのものであり、私に気持ちをぶつけるためのもの。痛いほどの愛情が伝わってくる。

この人はなんて不器用なんだろう。なんでもできるのに、どうしてこんなぶつかり方しかできないの？

そんなあなたをずっとずっと好きだったたって、私は気づかされてしまった。

「一緒に、いて、いいんですか？」

「いいと言ってる」

「いい、んですか？　これ以上もらっても。あなたの気持ちまで」

龍人さんの背に腕を回し、しがみついた。しゃくり上げる声でも、心はちゃんと届いているだろうか。

「気持ちならいくらでもくれてやる。だから、どこにも行くな」

私はその言葉でとうとう嗚咽《おえつ》した。

「私も、龍人さんといたい。契約じゃなく、部下じゃなく、恋人になりたい」

泣き声の告白はきっと聞き苦しくて、ロマンチックじゃないかもしれない。だけど、伝えたかった。

「龍人さんが好き。大好き」

「知ってる」

龍人さんはそんなふうに答え、さらに抱擁を強くした。

私は龍人さんの頬に触れ、黒い綺麗な瞳を覗き込んだ。まだ涙が止まらない。だけど、嬉しくて、混乱していて、言葉にしないと気持ちが収まらない。

「恋人同士ってことに、なりますか？」

「ああ、小梅の初彼氏になってやる」

「飽きたら許しません。あと、仕事は解雇させませんから。不当解雇は訴えます」

ここにきてそんなことを言う私に、龍人さんがキスをする。唇を離して、にっと笑った顔が格好よくて可愛かった。

「飽きるか、馬鹿。死ぬまでそばにいろ」

「怖いなあ、うちのボスは」

減らず口は二度目のキスで塞がれてしまった。


私たちはそのまま手を繋いで公園を歩いた。

龍人さんはきっとこの先も私に『好き』だとも『愛してる』だとも言わない。結婚だってしないかもしれない。

それでも、龍人さんの気持ちはちゃんと感じられた。私の気持ちだって伝わっている。充分だ。

私たちは恋人同士になったのだもの。
なお、彼の愛情はその後、ベッドの上でたっぷり教え込まれることになるのだった。

9.「好き」

新年のオフィス、仕事始めの日は社員全員が揃った。

「あけましておめでとう」

龍人さんが背筋を伸ばし、社員に告げる。

「今年は知っての通り、新システムの導入年になる。エンジニアチームは新年早々サーバ移管の作業に入ってもらう。営業チームは内勤外勤ともに、導入フローを頭に叩き込んで、各自が求められる仕事をすみやかに達成できるようにしてくれ。総務経理は取引先が増える分、契約書や売掛のチェックを。詳細は那賀川から説明がある」

社長としての龍人さんは凛々《りり》しく格好いい。

私はついついぽーっと見とれそうになるのを我慢し、他の社員に交じって「はい！」と力強く返事をする。

「みんな、今年もよろしく頼む。では、仕事に取りかかるぞ」

男らしくほほ笑む我らのボスは頼り甲斐があって、格好よくて……。こんな人が私の恋人になってしまったんだなあと思うと、ものすごくそわそわしてしまう。恥ずかしくて、でも嬉しくてなんだかニヤけてしまう。

社長ブースに戻るとき、龍人さんと目が合った。私のためだけに少し細められる目。うう、赤面しないように耐えるのは大変だ。職場恋愛ってこんなに疲れるのね。

龍人さんと恋人同士になった年末の日から、私たちはふたりきりで過ごした。三十一日は実家に帰り、桃太と桜子とおせちの準備をしたり、年越し蕎麦を作ったりしたものの、年越しまでにはマンションに戻った。

元日は龍人さんがご実家に新年の挨拶に行っている間、私も実家で過ごし、それ以外の時間は今日の仕事始めの日まで、ほぼ離れることなくべったりと一緒だった。

長く一緒にいたつもりだったが、恋人として過ごすと、彼がどれほど愛情深く優しいかがわかる。恋人ごっこではない本当の恋人同士になったせいか、龍人さんは遠慮なく私を翻弄する。触れ合ってキスを交わし、見つめ合えば身体も心も篭絡《ろうらく》されてしまう。

そんな幸せな数日間を過ごしてしまった。

私も今日から忙しくなるし、頭を切り替えなきゃ。

「駒形、例の物流の件。今日、ランチミーティングいいか？」

横から秋村が声をかけてくる。おっと、ニヤニヤしていたら、また呆れられてしまう。

「いいよ。午前中外出？」

「本社の会議。那賀川さんと一緒に郡社長のお供だよ」

そういえば龍人さんは会議だったことを思い出す。私と秋村は新たな物流サービスとの提携を進めていて、運送経路や契約条件などを詰めているのだ。ランチミーティングはその件だ。

「オッケー、じゃあ昼ね」

「交差点の個室居酒屋に席取っとくから、俺の名前で入っといて。会議終了時刻の関係で、遅くて悪いけど十三時な」

社員に見送られ、彼らは間もなく本社に向かって出かけていった。

秋村ってば、ランチミーティングだなんて大仰だ。仕事なんだし、このデスクでもいいのに。

もしかしたら、あんまり社内的に聞かれたい内容じゃないのかな。相手先の企業に無茶を言われているとか、接待を希望されているとか。

そんなことを考えながらも、私も忙しく休み明けの業務に取りかかった。

昼過ぎまで仕事をし、指定の時間に例の居酒屋へ向かう。個室の座敷にはすでに秋村がいた。

いや、それどころか龍人さんと那賀川さんも座っている。

「あれ？　おふたりも一緒？」

私が龍人さんの席の隣に腰を下ろそうとしたときだ。

店員が何やらプレートを持ってきた。

ケーキやスコーンに生クリームが添えられ、エディブルフラワーが散っている。そしてチョコレートで【りゅうと&こうめ　おめでとう！】とプレートに直接書かれている。

呆気に取られる私と隣の龍人さんに向かって、那賀川さんと秋村が声を揃えた。

「交際おめでとうございます！」

私は驚きすぎて言葉にならず、席に立ち膝の状態で固まった。代わりに龍人さんが堂々と「ありがとう」と答えている。

「え、あの、龍人さん、ふたりに？」

「話した」

あっさりと答える龍人さん。那賀川さんがふふふと嬉しそうに笑っている。

「年末に報告もらって、秋村とふたりでお祝いを企画したんだ」

「駒形、完全にミーティングだと思ってただろ」

秋村も嬉しそうだ。

まったく、私の知らないところで！

でも、こんなふうに祝われると思っていなかったから、ものすごく嬉しい。

「えーと、龍人さんとお付き合いすることになりました！　いろいろお騒がせしましたが、今後はこういう感じでやっていきますので、よろしくお願いします！」

正座してぺこりと頭を下げた。

改めて他の人に報告するとなると恥ずかしくて、頬は熱いし、しどろもどろになってしまう。

「特に今までと変わらないから、気を使う必要はない。他の社員にバレても別にいい」

龍人さんはどこまでも平然としている。

「社員たちはみんな勘づいてるって感じかな」

「十二月に入ってから、ふたりの空気、露骨に変わりましたもんね。あえて報告しなくても、みんな察してますよ」

那賀川さんと秋村に言われ、なお恥ずかしくなってきた。

やっぱりバレていたかあ。気づきながら、黙って見守っていてくれたうちの社員はみんな優しい。

そこに四人分の昼食が運ばれてくる。松花堂弁当スタイルのものだ。これも手配してくれていたみたいだ。

「小梅、先にこの甘いの片づけていいぞ」

龍人さんがお祝いのデザートプレートを指差す。

「え、みんなで食べましょうよ」

「俺たちを巻き込まないで。ふたりで食べてよ」

那賀川さんに言われ、私は龍人さんの口にもケーキを運んであげつつ、ほとんどのプレートは私がいただいた。お弁当もあるので結構量がある。

「友貴が正式に副社長になる。今日の会議で伝えてきた」

龍人さんが私からのケーキを咀嚼してから、那賀川さんの名前を言って報告してくれる。一応、ランチミーティングの側面もあるらしい。

「おお！　おめでとうございます！　それじゃあ、那賀川さんの出世のお祝いもしなきゃ」

「俺はいいよ。食べながら聞いてほしいんだけど、その件で秋村と駒形に頼みたいこともあってさ」

那賀川さんは困ったように笑って、私と秋村を交互に見た。

「副社長としての業務が増える。龍人がひとりでやっていた部分を受け取るんだ。その分、今の営業部長の仕事の中身をね、ふたりに引き継ぎたくて」

龍人さんが私と秋村に視線を移す。

「営業部長の役職自体は奥田《おくだ》に頼む予定だ。奥田は抱えている仕事をそのままに、役職だけ上げるから、友貴の営業分野の顧客は秋村が引き継いでくれ。法務関係の管理が小梅、おまえだ」

元から手伝ってはきた。今度は完全移管になるだろう。私と秋村も新しい仕事に着手したばかりのところへ、引き継ぐことになる。

「わかりました」

「頑張ります」

私と秋村は同時に答えていた。言ってからお互いに顔を見合わせ、笑ってしまった。

「忙しくさせちゃってごめんね。でも、ふたりを見込んでのことだから。本当にありがとう」

那賀川さんが言う。当分はかなり慌ただしい日々になるだろう。

だけど、今ならなんでもできそうな気がする。

毎日が忙しく張りのあるものになっている実感がある。常郡パスシステムは少数精鋭。みんなが業務に追われながらも、社内は活気に満ちていた。

この会社に関わり始めて今が一番忙しいかもしれない。私は毎日、引き継ぎや新規案件に追われ、外出も増えた。

龍人さんも新システムの導入に伴う実務的なサポートをしながら、広報やECサイトなどの周知活動を手がけている。本社との連携も彼自身が先頭に立っているので、多忙さは際立ってきた。

忙しいのはいい。でも、贅沢なことを言うなら、龍人さんとの時間がかなり減った。せっかく恋人同士になれたのに、夕食は一緒にとれない日が増え、夜もどちらかが先に眠る日々。一緒にベッドに入っても、くたびれていて何もせずに眠ってしまうことも。

いいんだけど！　幸せだから！

朝ごはんは向かい合って食べられるし、土日のどちらかは一緒に過ごすことにしている。

しばらくはこのペースかもしれない。でも、同居しているんだし、ふたりで支え合っていけばいいよね。

一月半ば、私は仕事の後、実家に顔を出し、それからマンションに戻ってきた。桃太の受験の願書を一緒に書いてきたのだ。

桃太は成績もよく内申点も悪くないので、当初の志望通り、家から自転車で通える範囲の都立高に推薦で願書を出す。担任の先生の話では、おそらく決まるだろうとのこと。

合格したら、盛大にパーティーをしないと。

夕食は龍人さんと別々なので、実家で家族と一緒に済ませてきた。本日も龍人さんの帰宅は遅い。

ちょっと寂しいけれど、思えば過去には何度もこんなことがあった。

うちの会社は不定期に繁忙期がやってくる。子会社の宿命でもあり、オムニチャネルシステム自体がジョーグンの売上の一翼を担う重要な機構なので、本社の意向でリニューアルがかかったり、試験的な試みも行われるのだ。

忙しい時期は戦争のようで、龍人さんの食生活がよりめちゃくちゃになるからと、頼まれなくても夕食を作りに来ていたっけ。作り置きにして冷蔵庫に入れておいても、皿に出して温めるのを面倒くさがる人なので、わざわざ深夜にこのマンションに来て食べさせたり、社内にいるときはお弁当を渡したりしたなあ。

最近は一緒にいる時間を優先したくて、ごはんは少しおろそかになっていたかもしれない。今は恋人でも、もともと私はお世話係。我らがボスの健康管理のためにも、もう少し家でごはんを食べさせるようにしないと。

思い立ったら吉日とばかりに、私は冷蔵庫にある野菜や、棚に保存してある乾物でお惣菜《そうざい》を作り始めた。種類豊富に作って、保存容器に移していく。

まずは最近トーストだけになっていた朝食をグレードアップして、和定食にしよう。

お昼は外出予定のないときはお弁当を食べさせよう。

私と同じ内容のお弁当を食べていても、社員は『いつものこと』と気にしない。

……あ、もうバレてるのか。それなら、それでやりやすい。

夕食は会食などのことも多いので、家にいるときはなるべく胃に負担がかからないものにしよう。朝をグレードアップするからいいよね。

考えながら作業すると楽しい。私も仕事でそれなりに疲れているものの、料理そのものが結構好きな方なので、こうしてあれこれ考えながら調理していくのは、ちょうどいいストレス解消にもなるみたいだ。

無理しない範囲で、料理する機会を増やそうっと。

料理の粗熱が取れるのを待ったため、ふんわりラップをかぶせ、明日の買い足し食材をスマホにメモしてしまうと、達成感を覚えた。

時刻は二十三時。よし、今日はこれからシャワーを浴びて、しばらくサボっていたスキンケアをするぞ、と決める。

もともとプチプラ大容量の化粧水くらいしか使っていなかった私が、今日はボディクリームもしっかり塗ろうと決める。秋村の彼女から先日もらったものが鞄に入っていたはず。

独り身のときはさほど気にする性格じゃなかったけれど、やっぱり龍人さんが触って気持ちがいい肌でいたい。

顔も十人並み、メイクも下手。小学生男子みたいな雰囲気で、いわゆる女っぽさが極端に薄い私だけど、龍人さんはめちゃくちゃ可愛がってくれるし、愛してくれる。

その優しさに応えなきゃ。

ひとりシャワーを浴び、髪も身体も洗う。

龍人さん、何時頃に帰ってくるのかな。今日もエッチなことはお預けかな。

いやいや、お互い忙しいんだし、物欲しそうなことを考えちゃ駄目だ。休日はべったり一緒に過ごせるからいいじゃない。

物音が聞こえた気がしたのはそのときだ。

あれ、龍人さん帰ってきたかな。

シャワーを止めたら、脱衣所のドアが開く音がした。バスルームのすりガラスに龍人さんの影。

「おかえりなさーい」

私が声をかけると、龍人さんは『ただいま』ではなく言った。

「俺も入る」

「え？　は？　わわ、ちょっと待ってください。今出ます」

「出なくていい」

それって、一緒にシャワーを浴びるってこと？

前もからかって言っていたけど、本当に一緒にお風呂は初めてで慌ててしまう。

どうしよう。夕飯たくさん食べちゃったし、作り置きのお惣菜をあれこれ味見していたから、胃がぽっこり出てるよ。見られたら恥ずかしい！

「出ますから！　ひとりでゆっくりシャワー浴びてください！」

「いい」

焦りまくっているうちに、バスルームのドアが開く。龍人さんの裸身に心臓がどっくどっくと激しく鳴り響きだした。

休日の昼日中から抱き合ったことだってあるし、明るいところで身体くらい見せ合っている。

でも、お互い忙しくてもう一週間くらいそういうことをしていない状況で、こんなの……。

「小梅、おまえ顔真っ赤だ」

「だって……龍人さんがいきなり……」

しどろもどろな私を龍人さんが抱きすくめる。

「期待してるか？」

「そういうことを言わなくても……」

顔を上げたらキスされそう。そうしたらなし崩しに……。

一方で気づく。龍人さんの身体は、体幹以外は冷たく冷えていた。指先や前腕なんか氷みたい。

疲れて冷えている彼の身体を温めてあげなければ、という使命感が湧いてきた。

片手でシャワーの熱いお湯を出し、改めて龍人さんの身体に身を寄せた。お湯が当たっていないところがないように背中をさする。

「まずはあったまってください。こんなに冷えて。駄目ですよ」

「小梅にあっためてもらうからいい」

龍人さんが私の耳元でささやく。ドキドキさせようという魂胆が見える。

「あったまることをするぞ」

低くて艶っぽい声は、欲望たっぷりな誘いだ。散々彼に慣らされている私は、それだけで腰が砕けそう。

そこをぐっとこらえて、彼の胸を押し返した。

「ま、待った！　駄目です！」

龍人さんの目の前にシャンプーのボトルを突き出し、言った。

「頭を洗って、身体を洗って、あったまったらします！　疲れてるんだから、無理したら風邪ひいちゃうんですからね！」

「……おまえ、突如として母親モードになるなよ。お世話係に戻ってるぞ」

「龍人さんの恋人にしていただいたわけですが、部下でもあるので体調を蔑ろにできないんですよっ！」

「めちゃくちゃエロい雰囲気だったのに」

とても残念そうに龍人さんが呟き、観念したのかシャンプーのボトルを受け取った。

結局シャワーを浴びながら、バスタブに半分くらいお湯を溜めてふたりで温まった。

龍人さんがあまりに素直に言うことを聞いてくれるので、しっかり温まったのちに、私も彼の願いを聞かざるを得なくなったのだけど、それはちょっと恥ずかしすぎるので内緒の話だ。

一月も後半。明後日には桃太が推薦入試の面接である。

常郡パスシステムは相変わらず忙しい。今日は那賀川さんから引き継いだ法務関係の書類作成を習いに、銀座の弁護士事務所を訪れていた。

打ち合わせの時間に行ったら、顧問弁護士の老先生は裁判所へ出かけているとのこと。どうやら、私との約束の時間を間違えているようだと秘書さんが丁寧に謝ってくれた。一時間もかからずに戻るというので、近所のカフェでお茶をして待つことにした。

窓際の席でコーヒーを飲みながら、ずっとしたかった作業に手をつける。北海道の父への手紙だ。

私はこの先、母とはもう会わないだろう。その分、父だけは大事にしていきたい。

龍人さんとの契約を知ったうえでも、私の気持ちを尊重してくれた父に、今の私を伝えたい。

龍人さんの恋人になったって。私たち、両想いなんだよって。

ペンを走らせながら、ふと思う。

龍人さんは私に一度だって『好き』だとか『愛してる』だとか、わかりやすい愛の言葉をくれたことはない。

『そばにいろ』――これだけで充分嬉しかったし、照れ屋な彼がこれからもそうした言葉を口にすることはないだろうとは思っている。

だけど、ちょっとだけ考えてしまう。

恋の気持ちを言語化しないことに理由があったらどうしよう。

今は想い合っていても、もともとは世界の違う人間だ。大企業の御曹司と、お金に苦労して育った庶民。いずれは道を分かつこともあるかもしれない。

また、彼はどれほど私を想っていても結婚はしないだろう。龍臣さんと怜子さんの赤ちゃんが順調に生まれれば、跡継ぎ問題もなくなり、彼は独身でいられる。身軽に生きられる方が彼の性質には合っている。

全部全部それでいいと思っていたのに、ふと寂しいような気持ちになってしまう。

私は、もしかすると龍人さんの赤ちゃんが欲しかったのかもしれない。当初の契約がそうだったから、私の心には彼の赤ちゃんを産む未来がまだ残っているのかもしれない。

だけど、結婚せずに私が赤ちゃんだけ欲しいと願ったら、彼は疎ましく思うのではなかろうか。

彼にとって、私は愛情の対象でもあり、生活を心地よくしてくれる存在でもある。それは私の存在意義で、それでお金をもらってきたのだからいい。

しかし、子どもが生まれたらその前提は崩れる。私は彼の面倒だけを見ていられなくなり、彼の快適な生活は維持できなくなるだろう。

龍人さんはこのままがいいのだ。

私と一般的な家庭を持つことは夢見ていない。

……私ひとりが、こっそり夢想しているだけ。そして、叶わないと感じて寂しくなっているだけ。

こんなの勝手だ。愛されているだけで満足したいのに、どんどん我儘になっていく自分が怖い。

私は努めて明るく、父への手紙を書き終えた。住所を書いて封筒に封をする。時間だ。ポストに投函して、弁護士事務所に戻ろう。

窓の外の街並みはまだ冬真っ只中《まただなか》。冬枯れた街路樹が、寒そうに枝を揺らしていた。

二月に入ってすぐに、桃太の推薦入試の合否が出た。見事合格だった。

祖母の病後の経過も順調で、予定通り投薬も終わることになり、駒形家はおめでたいこと続きだ。

「今週末、お祝いをしようと思うんです。龍人さんも参加してくれますよね」

「いいな、それは。参加する。俺からも卒業祝いと入学祝いを贈ろう」

平日の夜、珍しく早く帰宅できた私たちはホットプレートでお好み焼きを焼いていた。なお、龍人さんのリクエストだ。

「あまり高価なものはいらないですよ」

「学用品しか贈らない」

学用品って言えば、何を買ってもいいと思っていない？　この人は私の家族に甘い。

一応釘を刺しておかなければ。

「私の知らないところで、桃太に私立とか留学の話をしていたそうで？　別にいいですけど、私にも話してくださいよ」

「小梅は絶対に断るし、桃太もおまえに遠慮して希望を言えないだろうと、直接聞いただけだ。何度も言うが、桃太と桜子の進学や就職についてはいくらでも便宜を図れる。言ってくれ」

「逆にそこまでなんでもしてあげるのも、ハングリー精神がなくなっちゃうんでいいですよ。駒形家はお金がないなりに頑張って生きてきたんですから。今は充分すぎるくらいですよ」

「俺としては選択肢を多くして、のびのび学生生活を送ってほしい。小梅ができなかった分も」

龍人さんが私の弟妹に甘いのは、私のためでもあるのだなと、その言葉で感じた。

私の分もかあ。でも、バイト三昧の日々でなければ龍人さんに出会わなかったわけだし、こういうご縁もいいと思う。

「義姉も妊娠四ヵ月目に入った。兄夫妻や両親は、安定期の五ヵ月目に入ったらじいさんたちや親戚を招いてパーティーをすると言ってるぞ」

郡家のパーティーとは、想像するだけですごそうだ。身内ばかりでも駒形家とは規模がけた違いだろうなあ。

「赤坂《あかさか》のホテルタニガワでやるようだ。あそこはシェフがいいから、楽しみにしていろ」

龍人さんがお好み焼きを器用にひっくり返してみせ、そんなことを言う。

楽しみに？　お土産でも持って帰ってくれるのかな。

ぽけっとしていたら、龍人さんが眉間に皺を寄せて言う。

「当事者意識がないようだから言うが、小梅、おまえは俺のフィアンセとして参加するんだぞ」

「え？　あは、そうなんですか⁉」

完全に他人事だと思っていたら、私も登場人物のひとりだったらしい。焦って変な笑いが出てしまう。

「うちの曽じいさんとじいさんに紹介しただろうが。それでおまえを連れていかなかったら、またうるさく言われる」

そういうものなのか。でも、怜子さんの妊娠のお祝いだし、龍人さんがフィアンセを連れていかなくても、跡継ぎ問題は解決で……。でも嫌味くらいは言われちゃうのかな。

というか、参加となった途端めちゃくちゃ緊張してきた。まだ一ヵ月以上先のことなのに。どうしよう、郡家の皆さんの前で品のいいレディになれるかな。場違い甚だしいんじゃないのかな。

「ん？　待ってください！　でも、龍臣さんご夫妻とご両親は私たちが契約関係だったことを知っていますよね。その契約が切れたのに、連れていったら気まずくないですか？」

「問題ない」

龍人さんはでき上がったお好み焼きにソースやら紅生姜やらをトッピングし、手際よく切り分け私の皿へ。

「親と兄貴たちには、小梅と付き合っていることは言ってある」

「言って……ええええ、話したんですか？」

「うるさいな。でかい声を出すな。鰹節《かつおぶし》が飛ぶだろうが」

いよいよ苛立った顔になる龍人さん。さっきから私が焦っているので、お好み焼きは途中から完全に龍人さんが焼いている。

「契約だったが、お互い一緒にいてラクだからそのまま交際していると言った。親も

「兄貴夫妻も喜んでたぞ」

知らぬ間にご家族公認になっていることに、嬉しいやら恥ずかしいやらで、いたたまれなくなってしまった。

「おまえは誰からも好かれる」

龍人さんはふっと笑って、次のタネをプレートに落としている。

「せいぜい、パーティーでは愛嬌を振りまいて、愛想のない次男のところにいい嫁が来たアピールをしてくれ」

「ヨメ……」

小さい声で反芻してしまう。

龍人さん、ずるいですよ。龍人さんは私と結婚する気なんかないくせに、そうやって対外的には嫁扱いするなんて。

いや、ええと、すごく嬉しいんですけどね。

「とりあえず、パーティーは詳細わかりましたら早めにお願いします。それと土曜は駒形家ですので」

「了解」

いろいろ考えていたら手が動かなくて、お好み焼きはほとんど龍人さんに作らせてしまった。

すごく美味しく焼けていたから、また今度おだてて作ってもらおう。

土曜は予定した通り、駒形家での桃太の合格祝いパーティーだった。

午前中に買い物を済ませ、桜子と祖母と三人でたくさんコロッケを揚げた。コロッケは桃太の好物なのだ。

ケーキは龍人さんが買ってきてくれるという。今日はシステムグループのメンバーとともに作業があって出勤している。

「社長の買ってきてくれるケーキって、青山《あおやま》のカフェのでしょ？　SNSで見た！　こういう流行《はや》り物をびしっと用意してくれるのって格好いいよねえ」

桜子がスマホでSNSのケーキ評を見せてくる。確かに、有名なカフェに記念ケーキを依頼したのは聞いている。そういうところはまめまめしいよなあと思う。

「龍人さん、桃太と桜子には甘いから。喜ばせたいんでしょ」

「そういえば社長が、通学用にマウンテンバイクを買ってくれるって言ってるんだよね」

今日の主役の桃太は、祖父のリクライニングチェアの横でお相手を務めながらも手持ち無沙汰そうだ。今日は何も手伝わなくていいと言ってある。

それにしてもマウンテンバイクは初耳だ。学用品と言い張るつもりかしら、あの人。

「確かに桃太の自転車、私のお古でボロボロだね。でも、マウンテンバイクかあ」

「今度一緒に買いに行こうって」

「あらかじめこのくらいの値段って私が提示しとくわ。桃太にウケたくて、超高級品を買いそうで、あの人」

「そんなのケツがムズムズしちゃってペダル漕げないよ～」

小心者な発言はまさに私の弟って感じ。わかるよ。私も高価なワンピースを着てるとき、ちょっと震えたもんね。コーヒーとかこぼしたらどうしようって。

祖父が桃太の横で笑う。

「そりゃ、社長だって義理の弟に好かれたいだろ。サービスするよ」

「金かけなくても、俺、普通に社長のこと好きだよ。姉ちゃんのこと大事にしてくれてるし」

私が最近幸せそうなのは、桃太にもバレているようで、油の温度を見ながら照れてしまう。

「小梅と社長の結婚式はいつかねえ。俺の足腰がまだ利くうちに頼みたいもんだ」

祖父が言い、私は背中を向けたまま「ん〜」と曖昧な相槌を打つ。

このままずっと恋人同士のままじゃ、祖父母は納得しないかな。やっぱり、結婚式を見たいって思うのかな。

「今、うちの会社がすごく忙しいからなあ。それに、龍人さんのお兄さんご夫妻のところに赤ちゃんが生まれるから……。跡継ぎ誕生の方が大事でしょ。私たちの結婚式とかそういうイベントは、まだ郡家みんな考えられないんじゃないかなあ」

ごまかすような言葉に聞こえていないといい。すると、玄関のチャイムが調子っぱずれな音で鳴り、引き戸が開いた。

現れたのは龍人さんだ。予定よりちょっと早い。手にはケーキの入っているカフェの紙袋を持っている。

「社長、いらっしゃーい」

桜子が飛んでいってケーキの箱を受け取る。

「今ね、社長とお姉ちゃんの結婚式はいつかなあって話をしてたんだよ」

無邪気にそんなことを言う末っ子。私はひとり息を呑み、全員に向けた取り繕う言葉を探す。

すると、龍人さんは桜子に向かってほほ笑んだ。

「桜子にはドレスを買ってやらなきゃな。結婚式に出られるようなフォーマルなものを」

「えー！　社長が買ってくれるの？　やったぁ！」

「桃太にはスーツだな。持ってないだろ」

龍人さんが穏やかに言うと、祖父が笑顔になって、調子のいい声をあげた。

「やるなら、あったかい時期に頼む。俺ぁ、冷え込むと神経痛が出てな」

「あなた、そんなこと、社長と小梅ちゃんが決めることでしょう」

祖母が言い、私は言葉を失って困って龍人さんを見た。龍人さんは私を見て、かすかに目を細めた。いたずらっ子みたいな表情だ。

「もう少し先になりますが、いい報告ができるようにしますので」

龍人さんは上手にごまかしてくれたんだと思う。だけど、話を盛りすぎだ。桜子なんて、ドレスを買ってもらえるかもって、もうウキウキしてるじゃない！

タイミングを見て、まだまだ未定なんだよってことを家族にわかってもらわなきゃ。

とにもかくにも、桃太の合格祝いと祖母の投薬終了のお祝いは楽しい時間だった。

揚げたてのコロッケを千切りキャベツとともにたっぷり食べた。桃太と龍人さんが張り合うように食べるので、たくさん揚げてよかったと思う。

食後は龍人さんの買ってきてくれたケーキを味わった。何層にもなった生地は、薄くゼリーでコーティングされ、上には金粉。見た目も味も、ちょっと特別な日にぴったりだった。桜子が一番喜んでスマホでバシバシ写真を撮っていた。

それ以降、結婚式の話は出なかったけれど、龍人さんはいつものように我が家の空気にしっくり馴染み、家族の一員としてパーティーを楽しんでいるようだった。

桃太とはマウンテンバイクを見に行く約束をしていたので、予算については後で釘を刺さなきゃ。

駒形家を出たのは二十二時過ぎ。祖父は今夜泊まって明日ホームに戻る予定だ。桃太と祖母が送っていくそうなので任せることにした。

近くのパーキングに停めた龍人さんの車の助手席に乗り込む。前はこうしてごはんを食べた後は、龍人さんを見送って終わりだったのに、今では同じ部屋に帰るのだ。もうこちらの方が、自然になってしまった。

「龍人さん、今日は我が家のお祝いに付き合ってくれてありがとうございます」

「小梅が郡家の集まりに参加するんだ。俺だって駒形家の集まりには参加するものだろう」

無意識だろう。でも、その考え方って家族みたい。私ひとりが意識してしまう。そして、ちょっとだけ切なくなってしまう。

「小梅」

龍人さんがフロントガラスを見つめたまま言った。

「明日、予定ないか？」

「明日の日曜は……天気がよかったらカーテンを洗います。年末にカーテンだけ洗いそびれてしまったなあって」

「それは来週に回せ。明日、行きたいところがあるから付き合え」

なんだろう。私はよくわからないまま、「はい」と小さく返事をした。

翌朝起きると、すでに龍人さんは起きだしていた。ダイニングには食パンとインスタントのコーンスープが置かれてある。

そして、龍人さんはなぜかすでに出かける準備万全だ。髪は下ろしていて、ショート丈の厚手のコートにチノパン姿である。

「え？　ええ？　早くないですか？　私、起きるの遅かったです？」

「遅くない。俺は用事があって先に出るから、ゆっくり支度をして出てくるといい」

龍人さんはそう言うと、私の横でコーヒーだけを飲み、八時には出かけてしまった。

約束は十時に六本木だ。

「行きたいところってどこだろう」

カーテンの洗濯こそ諦めたものの、普段の洗濯物だけ干し、私は自分の支度について悩んだ。

結局、龍人さんは行き先を告げぬまま先に出かけてしまった。

どこに行くかによって服装は変わるのではないだろうか。それこそ、ちょっといいところにお食事ならジーンズにスニーカーではいけない。

場所が六本木だし、スニーカーを履いてハイキングということはないだろう。龍人さんはチノパンにシャツだったので、フォーマルではなくていいようだけど、ある程度きちんとした格好はしていこう。

以前、挨拶のときに買ってもらった服の一着を取り出し、やめた。ハイブランドのブラウスとスカートは、まだやっぱり馴染みがない。どうせコートはいつものものだしと、先日購入したニットのワンピースを着た。

私が買う服としてはそこそこお高いもの。これなら問題ないと思う。靴だけは買ってもらった七センチのヒールにする。バッグは父からプレゼントされたものにした。

メイクも精一杯、丁寧に……まあ、これは技術がないので、あんまり変わらないんですが。

約束の時間に間に合うようにマンションを出て、メトロで向かった。乗り換えを含めて二十分ほどだ。

ふと思う。なんだかデートみたいだな。待ち合わせをして出かけるなんて。

普通のカップルって、こんなふうにドキドキそわそわしながら待ち合わせ場所に行くんだな。これから会えることが嬉しくて、ふたりでどんな時間を過ごそうかって胸を躍らせて。

私は誰かと遊びに行く経験をしたことがない。バイトが忙しすぎて、学校外で遊ぶような友人もいない。今の仕事に就いてから、秋村とその彼女に遊園地に連れていってもらったことがあるくらい。あとは職場のメンツとの飲み会くらいしか……。

私、人生の経験値、実はすごく低いんじゃなかろうか。職歴はバイトから数えたらたくさんあるが、楽しむことに関しては素人《しろうと》だ。

考えてみたら、桃太と桜子にも同じような人生を歩ませてしまっている。よし、今度絶対に大きなテーマパークに連れていこう。せめて私がそういった思い出を作ってあげなきゃ。

決意を新たにしたところで目的地に到着した。改札を出たところで龍人さんが待っていた。

「五分前到着。さすがだな」

あのだらしない龍人さんが私より早く到着している！　……そりゃ、そうか。私より先に家を出たんだものね。用事ってなんだったのかな。

「あの、今日はどこへ」

「まず美術館に行こう」

美術館？

頭の中がハテナでいっぱい。龍人さんってそういうのに興味ある人でしたっけ。それとも、こういった方面の知識が仕事で必要なのかな。

並んで歩きだすと、龍人さんが手を繋いできた。

「手……」

「前も繋いだだろ」

「そうなんですが……」

「今度は名実ともに恋人同士だ。繋いでも問題ない」

龍人さんは無表情だけど、私の手をがっしり握って離そうとはしない。

美術館は大きな商業施設の上階にあり、エレベーターでたどり着くまでにも時間がかかる。ちょうど現代アート展が行われている。絵画だけじゃなく、インスタレーションの展示もあるらしい。

中に入ると、風船と針金で作られたオブジェが出迎えてくれた。ひとつひとつ龍人さんと並んで眺めていく。

正直に言えば、よくわからない。特にインスタレーションの展示物は意味がわからないものも多い。椅子が転がっていて、そこに果物とお茶っ葉がぶちまけられているとか、額縁に布が打ちつけられているとか……。

「よくわからないな」

横で龍人さんが素直に感想を言うのでホッとした。

龍人さんも同じことを思っていたのね。よかったあ。私が理解できていないだけじゃないんだ。

「きっと、芸術って受け取り手の経験とか感覚も波長が合わないと駄目なんじゃないですかね。知識とかも、一般人はないじゃないですか」

「芸術側も人を選ぶんだとしたら、もったいないな。でも」

龍人さんが一枚の絵画に歩み寄る。真っ青な絵だ。空と海の境目が曖昧になった。そんなふうに見える。

「よくわからなくても、この絵は好きだ」

「……私も。私も理由はないですが、この絵好きです」

ふたりで一瞬顔を見合わせた。それから再び、絵を眺める。

きっと芸術ってこういう受容の仕方でもいいんだと思う。『好き』って感じる気持ちに小難しい理由はいらない。本能的なものだもの。

龍人さんと同じ絵を『いいな』って思えた。それだけで、ここに来た価値はあるように思える。

私たちはゆっくりと展示を見て回り、そのまま同じビル内の洋食レストランでランチにした。アラカルトやランチセットのあるカジュアルな店でも、お値段はそれなりで、味はかなり美味しい。

「この後はどうするんですか？」

ランチセットを食べながら私が尋ねると、龍人さんが時計を見て答える。

「十三時十分から、下のシアターで映画を観る。人間ドラマ系の邦画だが、嫌いじゃないか?」

タイトルを言われ、今話題の作品だと気づく。そして、いよいよ私も確信してきた。

これはデートだ。

美術館にランチに映画。龍人さんの用事は私をデートに連れ出すことだったのだ。

それならそうと言ってくれればいいのに。デートするぞ、って。

龍人さんの性格だと言わないのが普通なのかな。もしかしたら、待ち合わせをしたのもデートの作法としてだったり?

聞きたいけど、照れてふてくされられても困るので黙っておく。

「観たかった映画なんで嬉しいです。龍人さん、今日は連れ出してくれてありがとうございます」

「小梅に恋人らしいことをあまりしてやれていないからな」

毎日抱きしめて眠ってくれるだけで私は結構幸せ。龍人さんが私のことを気にしてくれていたという事実が嬉しくて、私はにこにこと頬を緩めた。

「龍人さんとお出かけできるなんて夢みたい」

「大げさなことを。今日は夜も外食だぞ」

つまりデートは夜まで続くということだろうか。映画の後もどこかに行くのかな。

ドキドキしながら、私はランチを口に運んだ。

邦画は話題作だけあって、なかなか面白かった。淡々とした群像劇の中に人と人との交流が描かれ、わずかに恋愛が挟まるといったストーリーだった。

龍人さん、こういうのを観たいと思うんだ。てっきり洋画のアクションものとかが好きかと思っていた。

それとも初デートというシチュエーションに合わせてくれたのだろうか。私は好きなタイプのお話だったから、龍人さんの読みはばっちりだ。

「移動する」

映画が終わると、龍人さんが言う。

龍人さんはマンションから車で来ていたため、車移動でスタートした。

どこに行くのだろうと思っていたら、一時間とかからずに横浜《よこはま》駅近辺に到着する。

そこからさらに進み、景色がのどかになってきたと思ったら、海が臨める小高い丘に到着した。

「ここは？」

「この丘全部が星平《ほしだいら》グループのホテルの敷地だ」

有名なリゾートホテルだ。丘の上のホテルへ向かい、駐車場に車を停め、龍人さんが提案してきた。

「ホテルの左奥の敷地が大きな庭園になっている。少し歩こう」

促されるままに、龍人さんと手を繋いで歩きだす。森の中に遊歩道が整備されている。庭園というか高原の保養地みたいな雰囲気だ。ところどころ森の隙間から海や街並みが眺められる。

「静かですね」

冬の森は小鳥の声はするものの、本当に静かだ。

「っていうか、他のホテルのお客さんと全然会わないんですけど」

「貸し切りにしたからな」

龍人さんがさらりと言う。

貸し切り?

それを聞き返そうとするけれど、龍人さんは目的地があるのか黙々と前を向いて歩いていく。

このとき、私はだんだん強くなる足の痛みを感じていた。履き慣れないハイブランドのヒールのせいだ。美術館でも違和感はあった。しかし、車移動になったたし、もう痛くても問題ないと思っていたのだ。

ああ、絶対、踵《かかと》に靴擦れができている。ストッキングも破れているかも。

でも龍人さんはなんだか真剣な面持ちで、ぐんぐん私を引っ張って歩いていく。言いだすタイミングがない。

いや、駄目だ。そんなこと言ってる場合じゃない。やっぱり足、痛いんだもの。

「龍人さん、ちょっと待って」

足の痛みに耐え兼ねて、立ち止まろうとすると、龍人さんが私を見つめた。

「そこから海が見える。行こう」

どこか夢中な、急くような表情をしている龍人さん。どうしちゃったんだろう。

私は足の痛みを我慢して、手を引かれるままに、開けた高台に歩み寄った。そこはこの庭園で一番景観のいい場所のようだった。ウッドデッキが組まれ、展望台に整備されている。

「綺麗」

展望台からは太平洋が見えた。キラキラと光る水面。白いさざ波。ウミネコが飛ぶ青くて眩しい空。

潮風がびゅうっと吹きつけ、髪を乱した。なんて心地のいい場所だろう。

ここに連れてきたかったのか。この景色を私に見せたかったのか。

「私、海を見に行くとか、海に遊びに行くって経験がないんです。だから、すごく嬉しい」

見上げると、そこにはじっと私を見つめる龍人さんがいた。

「龍人さん？」

彼が手を離し、それから恭《うやうや》しく片膝をついた。私を見上げ、ポケットから出した小箱の蓋を開ける。

「型通りで気が利かないかもしれないが」

眉間に皺を寄せ、照れ隠しに険しい顔をして龍人さんが言った。

「小梅、結婚してほしい」

小箱の中に見えるのは、きらっと光るエメラルドのついた指輪。私の誕生石だ。そしてこれは、婚約指輪……。

「龍人さん、結婚したくないんじゃなかったんですか？」

尋ねる声が震える。涙が視界をぐにゃっと歪めた。

「勘違いしているだろうなと思っていたよ。俺はおまえとこうなる前に言ったぞ。『結婚はしたいときにしたいヤツがいたらする』と」

「したいヤツですか？」

私は自分を指差し、おずおずと尋ねる。やっぱり声も手も震えてしまっている。

龍人さんが理解の遅い部下相手に深くため息をついて、私を見据えた。

「したいヤツが恋人になったんだ。プロポーズして何が悪い」

その傲慢な言い方に、私はぎゅっと目をつぶる。それから指輪を受け取るより先に、ぽかぽかと龍人さんの頭や肩を叩き始めた。

「そうじゃないでしょ。順序、めちゃくちゃ！」

「痛いな、なんだ、何が不満だ」

「私、一度だって龍人さんの気持ちをちゃんと聞いてない！　龍人さんの気持ちは知ってるけど、言葉で聞いてない！　それなのにいきなり結婚って！」

龍人さんが数瞬黙る。

自分が大事な言葉をすっ飛ばしてきたことに、ようやく思い至ったようだ。立ち上がり、私の手の中に指輪の小箱を押しつけた。

そうして、私を抱きしめた。耳元に押しつけられた唇が言葉を形作る。

「好き、だ。小梅」

それはずっとずっと欲しかった彼からの告白。目が熱い。息が苦しくなりそう。

「おまえのことが好きだ。仕事じゃなく、この先死ぬまで俺といてほしい」

「龍人さん……」

「結婚して嫁になってほしい。契約じゃなく子どもが欲しい。小梅に産んでもらいたい」

髪にかかる彼の熱い吐息。私は目を伏せ、顔を彼の胸にうずめた。

涙が後から後から溢れた。

幸せだ。大好きな人から、一番嬉しい言葉をもらえた。

『好き』――たったひと言の魔法の言葉だ。

私は涙でぐちゃぐちゃの顔を上げ、彼を見つめて元気に答えた。

「はい、私も龍人さんが大大大好き！　プロポーズをお受けします！」

私たちはそれ以上喋るのももどかしくキスをした。

初デートでプロポーズだなんて、私たちのひとつの区切りとしては、面白いエピソードになったはずだ。

龍人さんの身体は温かくて、居心地がよくて、安心する。私はこの大事な人を生涯愛し抜こう。

「手ぇ出せ。指輪、はめてやる」

「はい、喜んで」

差し出した指に、濃い緑の宝石のはまったリングが収まった。

私たちは顔を見合わせ笑い、もう一度キスをした。冬の海風になぶられながら、彼のキスの温度を最大級の幸福だと思う。

今日は大事な記念日だ。龍人さんが、初めて好きって言ってくれた日。

エピローグ

買い出しに出かけようと言ったのは龍人さんで、私はそれほど乗り気ではなかった。身体がだるいから、正直今日は部屋でダラダラしていたい。だけどそれを言えば、彼は過剰に心配して私から離れなくなってしまうだろう。そこまで心配をかけたくない。

「ゆっくりでもいい気がするな～」

私は妊娠七ヵ月のお腹を撫でながら言った。まだパンパンというほどではない。でも明らかに普通より出っ張ったお腹だ。

「九ヵ月とか臨月に入ってからでも」

今日買い出ししようと彼が言うのは、オムツやお尻拭き、哺乳瓶などだ。そもそも、ベビーベッド、抱っこひも、ベビーカーなどの大物は、先々週の買い物ですでに揃えてある。

「いきなり入院ってことにもなりかねないだろ。準備しておいた方が安心だ」

龍人さんは真面目くさった様子で言い、食洗器のスイッチを押した。なお、今日の朝食を作ってくれたのは龍人さんで、最近導入したこの食洗器を積極的に使い、後片づけをしてくれるのも彼だ。

「入院中の小梅のパジャマや衣類もいる。病院から用意しろって言われているものはチェックしたのか?」

まめまめしく言う彼は、私が妊娠してから半年、ずっとこの調子だ。赤ちゃんが出てくるのが待ち遠しすぎて、すでにいいパパ状態なんですけど。

「気が早いなあ。まあ、いいですよ。龍人さんとデートだと思えば、嬉しいし」

「腹が苦しくなったら言えよ」

「はいはい、そうします~」

私は笑って答えて、出かける準備に入った。

こんなに赤ちゃんを迎える気満々の彼が誘ってくれるんだもの。身体がだるいなんて怠け心を出していられないじゃない。

龍人さんのプロポーズから二年が経った。私は二十七歳、現在待望の第一子を妊娠中だ。

恋心を伝え合い、結婚を決め、その年の初夏に結婚式……。それから一年ちょっと、ふたりきりの新婚生活をたっぷり楽しんだ。

赤ちゃんがお腹にやってきてくれたときは本当に嬉しかったなあ。お腹の赤ちゃんは私と同じ五月生まれの予定。先日の健診で女の子だということもわかった。

龍人さんは本当にいい旦那様を務めてくれている。妊娠六ヵ月目までつわりが続き、吐いてばかりだった私のために、忙しい社長業のかたわら、どんどん家事スキルを上げた。

最近では休日の食事と家事は、ほぼ龍人さんがやってくれている。あの面倒くさがりのお坊ちゃんはどこへ行ってしまったのだろう。もともとできる人なのは知っていたが、最近の旦那様の成長は目を瞠《みは》るものがある。

那賀川さんいわく、『駒形のためだから頑張ってるんだよ。根は変わってないから』とのこと。まあ、確かに仕事ぶりや、普段の性格は変わっていない。面倒くさがりだし、スイッチが入らなければ昼間の雄《おす》ライオンくらいぐうたらしている。

お腹の赤ちゃんが出てきたら、龍人さんはどう変わるのかなあ。それは今から楽しみだ。

龍人さんの運転で到着したのは、ベイサイドのショッピングモール内にある赤ちゃん用品の専門店だった。

ベビーカーや抱っこひもはデパートで買ったけれど、消耗品はこういうところなのね。調べたのは龍人さんなので、やっぱりまめだと思う。

「近所のドラッグストアでもよかったんじゃないですか？　日頃から買えるところで」

「最初は品数の多いところで吟味した方がいい」

当然のように言う龍人さんは、パパとしての気迫に満ちている。

吟味って、オムツを？　仕事モードのスイッチが入っていない？

ふたりで時間をかけて品物を選んだ。あれもこれもと買い揃え、車に戻るとすっかりくたびれてしまっていた。やっぱり最近は疲れやすい。つわりが長引き体力が落ちたのと、お腹が大きくなってきてちょっとしたことで疲れてしまうのだ。

「早く帰ろう」

私の様子を察して龍人さんが提案してくれる。心配をさせたくないので私は笑顔で答えた。

「せっかく出てきたんですから、お昼ごはんでも食べて帰りましょうよ」

車をベイサイドの公園に回してもらった。

二月の昼下がり、寒いけれどよく晴れたいい天気だ。公園に来ていたカフェワゴンでココアとホットドッグを買って、ふたりで海が見えるベンチに腰かけた。

「あ、怜子さんから龍樹《たつき》くんのお古をたくさんもらったんですよ。黄色とか白の、女の子が着ても問題なさそうなお洋服。あと、新品の可愛いベビードレスも」

私は先日怜子さんが持ってきてくれた洋服のことを思い出し、報告した。以前からくれるとは聞いていたけど、実際届けてもらったことを言い忘れていた。

なお、龍樹くんは龍臣さんと怜子さんのひとり息子で、現在、一歳半。郡家待望の跡継ぎである。

どうやら龍人さんのおじいさんや曽おじいさんは、私が産む娘と張り合わせて、聡《そう》明《めい》な方を跡継ぎにしようなんて勝手なことを言っているらしい。

でも、私はそんなことさせない。家族で権力争いやいがみ合いになるようなことは、誰も望んでいないもの。

きっと、この子たちが大きくなる頃には、おじいさんたちの発言力も影響力も跳ねのけられるくらい、株式会社ジョーグンは龍人さんと龍臣さんの時代になっていると思う。

「兄貴と怜子さんに服のお礼をしないとな」

「半日くらい、私と龍人さんで龍樹くんを預かって、ご夫妻をデートさせてあげるとかどうです？」

「いい案だ。龍樹はやんちゃで骨が折れそうだが、俺も子どもに慣れておきたいし」

確かに龍樹くんは元気いっぱいの男の子なので、ハードミッションになりそう。翻弄される龍人さんを想像すると、ちょっとおかしい。

子どもの話で思い出したのか、龍人さんが言う。

「あれ、桃太は今年、高三になるよな。去年桜子が高校に入学したと思ったら、もう桃太が受験か」

龍人さんがしみじみと言う。口調がおじさんくさいですよ。

「大学進学を考えているんだろう」

「まだ悩んでるみたい。高卒で警察官か自衛官か、消防官か……。それとも大学進学をするか」

「桃太が選んだ道を応援するからいい。桜子は？」

「今は高校生活が楽しくてしょうがない様子です。大学は保育科に行きたいって。龍人さんがあの子にピアノを習う機会をくれたから、夢が広がったみたいですよ」

私の弟と妹は揃って高校生だ。随分大きくなったように思う。

もうあの子たちの子育ても一段落……って、こんなことを考えてしまう私もおばさんくさいわ。

「小梅はあのふたりを育てているからな。我が子の子育ては案外簡単かもしれないぞ」

「もう十五、六年も前の話ですよ。忘れちゃってますって。私も子どもだったし、祖母の手伝いくらいの育児ですから」

その祖母は病気の再発もなく、今も健康に駒形家を取り仕切ってくれている。毎日、近所の祖父のホームにも通っている。

祖父はほぼ車椅子でしか移動できなくはなってしまったものの、頭はしっかりしていてとても元気だ。きっと生まれてくる曽孫を喜んでくれるだろう。

私たちはみんな順調。

龍臣さんご夫妻も、駒形家も、私たちも……。あの跡継ぎ妊娠契約の二年前が、なんだか懐かしい。

今度は契約じゃなく、いよいよ私がママになるんだなあ。

手の中のカフェオレを見つめ、私は呟くように言った。

「龍人さん、私、自分の母親にはもう会うことはないと思います。あまり、いい思い出もないし。元気でどこかで暮らしてくれていれば充分……」

龍人さんが私の横顔を見て、頷いた。

「正直に言えば、母親を恨んだ時期もありました。自分は無責任に出ていって、私たちにこんな苦労を背負い込ませて、と。二年前の妊娠出産契約のときは『大丈夫！』って言いましたが、心の中では、あんな母親から生まれた私がちゃんとママになれるのかなって不安だったりしました」

「そうか、無理をさせていたな」

「いいえ。自分で決めたことですから。でも自分のお腹に赤ちゃんが宿って考え方が少し変わったように思います」

私は顔を上げ、龍人さんをまっすぐ見つめた。

「私、母に産んでもらえてよかったです。生きていくだけで大変だったけど、苦労してよかった。いい経験ができたし、強くなれた。何より龍人さんに会えた！」

にっと笑うと、胸の奥から元気と勇気が湧いてくる。

「このポジティブな思考でいけば、それなりに育児もこなせるんじゃないかと思うんですよね」

龍人さんが腕を伸ばし、私の肩を抱いた。引き寄せ、頬を寄せてくる。

「俺はそういう太陽みたいな小梅が好きだ」

嬉しい愛の告白に、私はでれっと笑い、龍人さんの首筋にぐりぐりと顔を押しつけた。

「育児、煮詰まったら助けてくださいね」

「ああ、そのときは、俺が小梅と赤ん坊のお世話係をやってやる」

「頼もしいなあ」

私はお腹を撫でた。お腹の中で赤ちゃんが動く。私たちの会話、聞いているのかな。

「龍人さん、愛してますよ」

「俺もだ。すごく愛してる」

冷たい風の吹く晴れた昼下がり。私たちは寄り添って海を眺めた。隣に大好きな人の温度を感じながら。

番外編　郡龍人の結婚前夜

都心の夜景を眺める機会は今までにも数多くあったはずだが、どれもろくに覚えていない。しかし、今夜見る夜景はなんとなく十年後も思い出すような気がした。

ホテルタニガワの高層階にあるラウンジバー、窓に面したカウンター席で俺は夜景を見ていた。隣にいるのは……。

「龍人、駒形をほったらかして平気か？」

小梅ではない。友人にして俺の会社の副社長である那賀川友貴だ。友貴はハイボールのロンググラスを傾け、思い出したように付け足す。

「駒形ってどうしても言っちゃうけど、もう郡小梅なんだよな」

「問題ない。どうせ、会社では駒形のままだ。社長夫人扱いされたくないから旧姓で通すそうだ」

「誰もしないでしょ。駒形はこれからも社長お世話係だよ」

先日、俺と小梅は入籍した。俺の三十三歳の誕生日にふたりで区役所に届けを出しに行った。

そして、プロポーズから五ヵ月後の明日、ついに結婚式を迎える。

「で、オクサマは？」

「小梅なら、さっきまで駒形家全員でパーティーをしていて、今頃部屋で酔いつぶれて寝てる。あいつの父親もあいつ自身もたいして酒が強くないのに、飲ませるとよく飲むんだ」

小梅の家族には、今日と明日はスイートルームを手配した。せっかくなので記念に全員で宿泊してもらおうと思ったのだ。

結果、駒形家はスイートルームでパーティーを始め、小梅と祖父、父親が酒を飲みだし、潰れてしまったようだ。つくづくお祝い好きの陽気な家庭だと思う。

「駒形は大丈夫かよ。新婦が前夜に酔いつぶれて」

「すぐに酔う割に分解するのが早いのか、翌日にアルコールが残っていたことはない。それに早起きは得意な嫁だ。問題ないだろ」

「龍人の駒形への信頼って厚いよな。嫁になる前からか」

それを言うなら、結婚式前夜の男に付き合って飲んでくれる友貴もよほど信頼して頼っていると思うのだが。

「初めて会ったときは、変わった子が来たなくらいに思ったんだけど。まさか龍人の生涯の伴侶になっちゃうとはなあ」

「予想できるもんじゃないだろ」

ぼそっと答えながら、友貴には言わないことを考える。

あのとき、二十歳だった小梅を見て、俺は思った。もしかすると、面白いことが起こるかもしれない、と。

二十代後半で、すでに充分大人だった俺は、彼女の目に宿る自信に暫時魅せられた。まだほんの小娘が、ギラギラとした野心家の目をしていたのだから。

「確かに嫁になるとは思わなかったけどな」

「何、龍人。駒形との出会いでも思い出してんのか？」

友貴がニヤニヤと尋ねるので、無視してロックグラスを傾けた。

＊　＊　＊

「出来高で、時給にプラスアルファお願いします」

変な女が来たと思った。

その日は、ショッピングモールでＥＣサイトのキャンペーンをしていたが、バイトがまったく使えずフライヤーがなかなか捌けなかった。苦戦しているところに現れたのが、ひとりの女子大生だった。

どこにでもいそうな普通の女だ。大きなどんぐり眼《まなこ》は少しだけたれ目で、こげ茶色の髪を頭のてっぺんで団子に結んでいる。うっすらそばかすがあるようだが、顔も手足も日に焼けていてわかりづらい。

冬に差しかかる時期の健康的な日焼けは、彼女が自転車に乗ったり、外を出歩く人間だからだろう。きりっとした眉は、彼女を元気いっぱいといった表情に見せた。

その彼女が、自分ならできると言わんばかりの自信満々な顔をしている。人助けというより、仕事を見つけた、と瞳をぎらつかせているのだ。

面白い。大口を叩く分の仕事ができるか見ていてやろうと思ったら、驚かされたのはこちらだった。

彼女の手にかかるとフライヤーはあっという間に捌けていく。さらに、ブースへの案内人数もあっさりクリア。かなりふっかけたノルマを出してやったというのに。

「見事だね」

彼女を見つめて、友貴が呟いた。バイトのひとりが言う。

「あの子、昼間スーパーで見ました。試食販売のマネキンやってた子です。彼女の周り、人垣ができるくらい集客してましたよ」

その言葉が言いすぎでないのは、見ればすぐにわかった。

「すごいな、きみ」

早々に仕事を終えた彼女に友貴が給料の振込先を聞いている。俺は歩み寄り、告げた。

「名前は？　ここの従業員か？」

「駒形小梅、大学生です。今日はアルバイトでここに」

やはりバイト帰りに、こちらを手伝ったということか。短時間にひとりで何人分もの仕事をこなしてくれた彼女に、対価は充分に払うべきだ。俺は名刺を渡し、付け足して言った。

「仕事が欲しければ連絡しろ。バイト代ははずむ」

「バイト代、はずんでくれるんですか？」

すぐに食いついてきた。やはり、この女、金が必要なのだろう。苦学生なのか、家の事情か。

どちらにしろ、金で囲い込めるなら投資を惜しむべきではない。この短い時間で彼女の頭の回転が速いことも、機転が利くこともよくわかった。うちの会社には有益な人材候補だ。

彼女の目は力があり、生きる気力に満ちている。そんなパワフルな視線に射抜かれ、俺はどこかでわくわくしている自分を感じた。


その日から二日後、駒形小梅から電話があった。俺を名指しで呼ぶので電話に出ると、元気な声が聞こえてきた。

『郡龍人社長、先日お世話になりました駒形です。お給料ありがとうございました！　すごい金額！』

振込を確認してすぐに連絡をしてきたようだ。個別対応で早々に給料を振り込んでおいてよかった。鉄は熱いうちに打つものだ。

「仕事に対する正当な対価だ。遠慮なく受け取ってくれ」

『はい、そうさせてもらいます。それでですね、アルバイトの件でご相談があってお電話しました』

来た。そう思った。

「昨日みたいな仕事から、オフィスワークまで。なんでもやってもらうアルバイトになるが、いいか？」

『はい！　なんでもやりますよ！』

気持ちがいいくらいのふたつ返事。本当になんでもこなしてくれそうだ。

「わかった。契約について決めよう。近いうちにオフィスに来てもらいたい」

『今からでも行けますよ。郡龍人社長の会社、うちから自転車で行ける範囲なんです』

早速自転車でやってきた小梅に面談し、俺と友貴と三人で契約内容を決めて即日採用とした。オフィスワークのアルバイト相場より三割増しの金額提示に小梅は大喜びだった。

「助かります。うち、あんまりお金ないんで。弟妹も小さいですし、割のいいアルバイトを探していたんです。郡龍人社長、本当にありがとうございます」

「そのフルネーム呼び、どうにかしてくれ。気になる」

そう言っておいて、ふと考える。

我が社は、七対三の男女比。突然可愛らしく愛嬌のある女子大生アルバイトが入ってきて、浮足立つ社員もいるのではないだろうか。せっかく使えそうな人材を捕まえてきたのだ。恋愛で揉めて辞められては困る。

「よし、俺は小梅、と呼ぶ」

「小梅、ですか」

名前で呼ぶことで、俺と親密な関係だと勘ぐる人間が出ればいい。たとえば、親戚筋のお嬢さんとでも思わせられれば、この初心《うぶ》そうな女子大生にちょっかいをかける男どもは減るはずだ。

「駄目か？　おまえの名前だろう」

「いいですよ！　じゃあ、私は龍人さんって呼びますね」

俺に合わせるような形で彼女は言った。照れているのか、少し頬が赤かった。

それから二年、大学二年生だった小梅は大学四年生になった。ジョーグンの販売システムも変わり、今までのマルチチャネルシステムからオムニチャネルシステムに転換。俺の会社がそのシステムを担うこととなり、機運到来と盛り上がっていく最中にあった。

「お仕事を増やしたいんですよねえ」

オフィスで雑用を片づけながら小梅は言った。平日の夕方、ちょうど大きな案件の直後で、安堵《あんど》からかオフィスは明るくアットホームなムードだった。

「駒形、卒論終わったの？」

「うちに内定してるんだよね」

「まだ働く気かよ」

社員たちが声をかけ、小梅は頷く。

小梅が希望するので、大学卒業後はそのままうちに就職してもらうことにはなっていた。そのタイミングで仕事を増やしたいとは。

「ほら、四月からこちらに正式に採用していただくじゃないですか。そうなると、バイト待遇の身でいられるうちに、もう少しあちこちで稼いでおかないとなあって思うんですよ」

「うちの仕事だけじゃ足りないとは随分余裕だな」

皮肉を言ってみたものの、確かに小梅は処理が速く、雑用や簡単なデータ整理などはあっという間にこなしてしまう。卒論も終わり、学校も週一、二回となれば、多少暇にも感じるだろう。

もともと働きすぎなのだが、そのペースで慣れている彼女に、のんびりしろ、休めと言ってもストレスなだけかもしれない。弟妹もいるから、稼げるときに稼いでおきたいのか。

「駒形、社長の世話係とかどう？」

そう言いだしたのは友貴だ。

「龍人、面倒くさがりだしね。今は俺や社員が持ち回りで週一回、掃除機かけに行ってるんだよ」

「そうそう、ハウスキーパー雇ってくださいってみんなで言ってるのに。聞いてくれないし」

「洗濯物、全部クリーニングだよ。駒形、信じられる？」

友貴も社員たちも好き勝手言う。一応だが、俺は自分で家事くらいできる。

確かに食事は外食に偏り気味だし、洗濯物は連中の言う通りクリーニング業者に週二度取りに来てもらっている。

要は、そこにかける労力が無駄だと思うからアウトソーシングしているわけで……。

「龍人、ほっとくと自分で何もしないから身体壊しそうでさ。俺たちのボスだから、健康管理してくれる人間が欲しかったんだ」

友貴の言葉のせいで、小梅が俺を観察するように眺めている。それから、へらっと笑った。

「確かに、龍人さんってお坊ちゃんっぽいもんなあ。なんかわかります」

「駒形がお世話係になって、朝飯を食べさせたり、掃除洗濯してくれたりしたら、俺たち社員は結構助かるんだけど」

友貴がなおも言う。小梅は考えるふうに視線を上へ向けた。

「私も小学生の弟妹がいるし、祖父母と住んでいるんで、夜は週二くらいしか動けないです。でも、朝なら毎日でも問題ないですよ。龍人さんを起こして、朝ごはんを食べさせるんですね。あとは行ける日に掃除と洗濯、でどうです？」

「いいねえ。確実に起こしてもらえて、朝ごはんはちゃんとしたものを食べさせられる」

「おい、勝手に決めるな」

不在時に他人を家に上げるのが嫌でハウスキーパーも雇わずに来たのだ。それは友貴だって知っているはずである。社員たちも、俺がいるときにほんの三十分ほど掃除機をかけたり、洗い物をして帰るだけだ。

「でも龍人、駒形ならよくない？　もう二年一緒に仕事して、龍人もかなり慣れてるでしょ」

ちらっと見ると、すでにやる気満々の小梅が俺をじっと見つめている。まるでゴーサインを待つ忠犬だ。

そして、小梅を見たら不思議なもので俺もそう悪くない案だと思い始めた。

この数日前、深夜残業をしているときに、小梅が豚汁とおにぎりを差し入れしてくれた。なんてことはない家庭料理だったが、疲れているときには染み入る美味しさだった。小梅の作った朝飯を食べられるのは悪くない。

「龍人さん、私、信頼してもらえるならなんでもやりますよ」

見つめてくる大きなたれ目がキラキラしている。

ああ、そんなに易々と無防備なことを言うな。仮にも俺は男だぞ。まあ、この女からしたら七つも年上の男は、恋愛対象外だ。危険とも思わないに違いない。

「たまに夕食も作れ。それなら、いい」

気づけばそう答えていた。小梅の顔がぱあっと明るくなる。アルバイトが手近で見つかったのだ。しかも俺の雇用ならそれなりの賃金を当て込んでいるだろう。

「うちの会社との雇用契約とは別にする。俺個人との業務委託契約だ。友貴、契約書作れ」

「はいはい。みんなー、これで社長の部屋の掃除当番がなくなるよー!」

友貴が言い、無礼極まりない社員たちがヤッホーと歓声をあげた。

そんなに迷惑してたのかよ、おまえら。その分、飲み代も昼飯代も出してやってただろうが。

「やったー！　龍人さん、よろしくお願いしますね！　早速今夜から行きましょうか」

「ああ、飯も頼む。肉な、肉」


その日、小梅は俺の部屋にやってきて、その惨状にため息をつき、キッチンだけ使えるように掃除して食事を作ってくれた。

肉をリクエストしたのに、出てきたのは野菜たっぷりの煮物とぶりの照り焼きだった。味は美味しかったが、すでにこのお世話係が俺の健康管理のために動いていることは察せられた。

「煮物は冷蔵庫に保存しておきますからね。出してレンジであっためてくださいね。そうしたら明日の夕食になるでしょう」

面倒なので無視したら、後日とんでもなく怒られた。

「食材を無駄にしない！　レンジも使う気ないんですか！　もー！」

仮にも上司で社長なのに、二十二歳の小娘にめちゃくちゃ怒られることになるとは。

それから小梅は食べられる量しか作らなくなり、こまめに我が家に食べ物を持ってくるようになった。家事も行き届き、生活は明らかに快適になっていく。

やがて小梅が俺のマンションに来られないときは、彼女の実家に呼ばれるようになった。

古い木造家屋の居間で、大きなちゃぶ台を囲んで食事するのは、経験したことのない楽しさだった。

子どもの頃から他人に馴染まず、兄と比べて愛想がないと言われ続けてきた俺が、駒形家で小梅の弟妹や祖父母といると、自然に喋っている。きっと駒形家の人間がみんな、そういった空気を作ってくれたのだろう。

他愛のない会話で笑い合う。誰かが喋り、誰かが返事をする。そんな日常の積み重ねに参加しているなんて。

無性に安心した心地で小梅を見つめると、彼女はいつもほほ笑んでいた。本人は気にしているらしい薄いそばかすのある頬。ぐりぐりと大きな目と小さな鼻。昔、絵本で読んだ森の妖精に似ている。愛らしくて、落ち着く笑顔だった。

正式に小梅が常郡パスシステムに入社した後も、世話係を継続してもらったのは、きっと俺自身が小梅とその家族との縁を失いたくなかったのだろう。この年になって居場所をもらったような不思議な感覚だった。

＊　＊　＊

「龍人、もう一杯でやめとく？」

「ああ、そうだな。次で最後にする」

友貴とふたりで同じ銘柄のウィスキーを注文した。夜景を見ながら、小梅との出会いを思い出すなんて、我ながらセンチメンタルなことをしてしまった。

「龍人、今だから聞くけどさ。あの、子作り契約？　一年近く前のあれ。あのときにはもう駒形のこと、好きだったんだろ」

友貴がロックグラスを手に、ニヤニヤと笑って尋ねた。俺は少し考え、それから素直に答える。

「正直に言えば『わからない』。自覚はなかったからな」

「てっきり子どもを作って、嫁にして、生涯自分のそばに置いておくつもりかと思ったよ」

「そこまで考えてはいなかったと思う」

両親に、愛人でも誰でもいいから、跡継ぎを作るアテはないかと言われたときに真っ先に浮かんだのが小梅だった。

俺の想像する小梅は、いつもの調子で胸をどんと叩き、こう言う。

『お任せください！　なんでもやりますよ！』

実際は違ったのだが、そんな小梅が浮かんだのは確かだ。

同時に駒形家が浮かんだ。あの裕福ではなくとも賑やかで明るい家庭で、俺の子が育つとしたら。それはものすごく幸せな未来予想図に思えた。

俺自身は、自分がジョーグンの後継者には向かないと思っている。トップに立つ自分より、兄を支える自分の方がしっくりくる。それゆえに、兄夫妻が悲しい思いをしているなら、俺が後継者を作るのは望むところだ。そのパートナーを小梅が務めてくれたら……。

小梅ならいい。小梅なら、この先末永く家族として付き合い続けられる。

「最初は単純に小梅がいいと思っただけだ。小梅には驚かれたし、無理だと言われた。魅力的な条件をたくさん出したが、結局はあいつの良心に訴えて頼み込んだ。俺なりに必死だったんだと思う」

「龍人らしくないよね。他人とのコミュニケーションに労力を使わないのに」

友貴が言わなくてもわかる。小梅だから頼んだ。小梅でなければ嫌だった。

小梅が引き受けてくれて勢いでキスをしたのは、おそらく俺なりに嬉しかったのだろう。

「なのに、全然進展しなかったときは、龍人何やってんだろって思ったよ」

「それを蒸し返すな」

跡継ぎを産むと言っておきながら、俺を拒否する小梅には少々まいった。うぬぼれていた俺は、小梅があっさり抱かれ、快楽に夢中になるだろうと思っていたのだ。

家族優先、バイト三昧な日々を送り、色っぽい事象とは無縁の小梅は相当手強かった。触れるだけでびくびく慄かれれば、さすがに先には進めない。俺より仲がよさそうな秋村との仲を疑ったり、そのせいで小梅と喧嘩になったり……。我ながら、恥ずかしい迷走もしたように思う。

だから、抱き合う前に彼女から好意を告げられたときは、本当に驚いた。『気持ちが通じた』と思ってしまった俺は、きっと彼女より先に恋に落ちていたのだろう。

「龍人は駒形と出会って変わったよ。いい意味で他人に心を開くようになったし、素直になった」

「自分ではわからない。でも、小梅と会えなかった今は想像できないな」

俺は新たなグラスに唇をつける。ウィスキーの深い香りと苦みに、息をついた。

「世話してくれるだけの女なら離れられた。小梅だから、離れられなくなってしまった」

「恋だね。龍人がそこまで惚れた相手が駒形でよかったよ。俺も彼女、好きだしね。親友の嫁に相応しいと思う」

友貴が安堵したようにほほ笑んだ。

「ほら、新郎も早寝しろ。これ飲んで帰るぞ」

「友貴、今日はありがとう。これからもよろしく頼む」

「任せろよ」

親友は明るく請け合ってくれた。


俺と小梅の部屋に戻ると、小梅はキングサイズのベッドに大の字になり、眠っていた。すうすうと健やかな寝息が聞こえる。

服装は今日着ていたブラウスにスカートのまま。ストッキングとローヒールのパンプスがベッドの下に脱ぎ散らかされてあった。

ブラウスから腹が出ているぞ、腹が。

俺は薄掛けを小梅にかけ、ベッドに腰かけた。

壁一面が窓なので、先ほどのラウンジバーより下の階ではあるが、夜景がよく見えた。

感慨深いと言えばいいだろうか。好きな女と明日、結婚式を挙げる。

結婚する自分など想像もつかなかった。たったひとりを見つめて生きていくのは向いていない。誰かに縛られて生きていくのは考えられない。ずっとそう思ってきた。

小梅と出会い、彼女の持っている全部が新鮮で、全部に安心した。そうしたら、大事なものができていることに気づいた。両手で包んで死ぬまで守っていきたいものができていた。

どうやら、人は変わるらしい。変革をもたらす存在と出会ったら、もう戻れないらしい。

小梅が跡継ぎ計画に頷いてくれたとき、俺はどこかで戻れないかもしれないと思った。小梅を大事にしてしまったら、もう手放してやれないかもしれない、と。

結果、今だ。恋とは恐ろしい感情だと思う。

「龍人さん」

声とともに、俺の腰に腕を巻きつけてきたのは小梅だ。

「なんだ、起きたのか」

「へへへ。お布団かけてもらったあたりで目覚めました。龍人さんがぼーっとしてるから、驚かせようと思って」

見上げてくる小梅は寝起きのふにゃふにゃした顔だ。可愛い。小梅を見るといつもそう思うのだが、言葉にするのが恥ずかしいので直接伝えたことはあまりない。

「酒は？」

「もう抜けました。たくさん飲む前に眠くなるから、量を飲まずに済むのかもしれないですねえ」

「おまえが合コンに行きまくる大学生じゃなくてよかったと思ってるよ。すぐに寝るから、すぐに持ち帰られる。チョロすぎだ」

「やだな～、家族と龍人さんの前以外じゃ飲まないですよ～」

小梅はぐりぐりと俺の腰に顔を押しつけてくる。犬が甘えているみたいだ。

「小梅、一緒にいてくれてありがとう」

思いきって言った俺の言葉に、小梅がきょとんとして身体を起こした。それから、俺の額に手を当ててくる。

「なんだ。なんの真似《まね》だ」

「いや、いきなり殊勝なことを言うから、熱でもあるのかと思って」

「古典的なネタはやめろ。結婚式の前くらい、素直に言ってもいいだろう」

俺は小梅に向き直り、余計なことばかり言う唇にキスをした。それから彼女の栗色《くりいろ》の瞳を見つめる。

「小梅、出会ってから今日までありがとう。公私ともにおまえがいてくれて助かった」

「な、なんか、改まった挨拶、照れますね。へへへ」

「茶化すな。俺はおまえが好きだ。たぶん、小梅が俺のことを好きになってくれるより先に、俺の方がおまえに惚れてた」

夜景に照らされた小梅の顔がぽっと赤くなるのが見えた。もう一度キスをすると、小梅が泣きそうな顔で、目をぎゅっとつむる。

「小梅……」

「あー……嬉しいです」

目尻からぽろぽろと涙がこぼれるのが見えた。綺麗だと思った。嬉しくて涙する小梅は、本当に美しい。

「小梅、愛してる」

「私も愛してます。……でも、私の方が先に龍人さんを好きでした。そこは訂正しときますね」

なぜかこの期《ご》に及んで張り合う言葉を口にする。相変わらず変な女だ。

俺はこれ以上言わせないようにキスで塞いだ。キスの隙間から小梅がなおも言う。

「私の方が龍人さんのこと好きですから。絶対好きですから。龍人さんに好かれたこと自体、奇跡だと思ってます。もしくは龍人さんの脳がバグったとか。……ありがたいんで、そのまま入籍させてもらいましたし、明日は挙式ですけどね。もう逃がしませんので悪しからずご了承ください。ふふふ」

「おまえ、うるさい」

面倒くさくなって、俺は小梅の軽い身体をシーツに押し倒した。

もういい、抱いてしまおう。どっちがより惚れている論争を続けるより、耳元で可愛い声を聞いていた方が楽しいに決まっている。

キスを深くし、頬や首筋に触れる。ブラウスの前をはだけさせると、何をされるかとっくに察している小梅が期待に満ちた目で見上げてくる。

煽るな、その表情だけでこっちはやばいんだぞ。

「あの、龍人さん。明日ウエディングドレスを着るので」

「それで？」

「見えるところに痕つけちゃ、駄目ですよ？」

俺はにっと笑って答えた。

「おまえ次第だな」

どっちが先に惚れていたっていい。どっちがより惚れているかなんて、答えは出ない。

これからは死ぬまでお互いを好きでいるのだから、それでいい。

できたら、長く一緒にいよう。おまえの祖父母やうちの曾祖父母みたいに長生きして、ふたりでたくさん笑おう。

世界で一番幸せな家族になろう。

小梅の小さな唇にキスをし、俺は未来を誓った。


（おしまい）

あとがき

こんにちは、砂川雨路《すながわあめみち》です。『妊活契約で初めてを捧げたら、強引社長の独占欲を煽って溺愛されてます』をお読みいただきありがとうございます。ちょうど一年前、マーマレード文庫で一冊目の書籍を出版させていただきました。このたび三冊目をお届けできることを嬉しく思っています。

今回のお話は妊活契約がテーマです。ヒロインの小梅はみんなのために赤ちゃんを産むことを引き受けますが、恋愛経験は堂々のゼロ！　また、家族のように接してきたヒーロー・龍人になかなかそういった気持ちを抱けません。信頼はしているものの恋に発展しないふたりが、悩んでじたばたして、自分の本当の気持ちに気づいていく物語です。距離や関係性が近すぎると、案外大事なことを見落としてしまうのかもしれませんね。

私個人は小梅の明るく雑草魂を感じる性格が大好きです。苦労もちょっと重たい過去も、ポジティブな思考に変え、どんどん乗り越えていく彼女は書いていてとても元気が出るヒロインでした。

前作でもちょっぴり裏設定のお話をしたのですが、龍人と小梅の間には娘と息子がひとりずつ授かる予定です。龍人パパが想像以上に素敵なパパになり、小梅と子どもたちを守ってくれることは想像していただけるのではないかなと思います。


最後になりましたが、本書を出版するにあたりお世話になりました皆様に御礼申し上げます。ドキッとするほど艶やかなふたりを描いてくださいましたイラストレーターの蜂不二子先生、ありがとうございました。カバーデザインをご担当くださったデザイナー様、今回もありがとうございました。

担当のおふたり、いつも楽しく相談に乗ってくださり感謝の気持ちでいっぱいです。まだまだおふたりと作品を作っていきたいので、よろしくお願いします。

最後の最後ですが、本書をお手に取ってくださった読者様に厚く御礼申し上げます。

皆様のおかげで、お話を書き続けていられます。次回作でお会いできるよう、執筆頑張ります。

砂川雨路

マーマレード文庫

妊活契約で初めてを捧げたら、強引社長の独占欲を煽って溺愛されてます

2021年12月15日　第1刷発行　定価はカバーに表示してあります

著者　砂川雨路　©AMEMICHI SUNAGAWA 2021
発行人　鈴木幸辰
発行所　株式会社ハーパーコリンズ・ジャパン
東京都千代田区大手町1-5-1
電話　03-6269-2883（営業）
0570-008091（読者サービス係）
印刷・製本　中央精版印刷株式会社

Printed in Japan ©K.K. HarperCollins Japan 2021
ISBN-978-4-596-01888-5